写作讲谈

谷崎润一郎

TANIZAKI
JUNICHIRO

[日] 谷崎润一郎 —— 著　　金晶 —— 译

商务印书馆
The Commercial Press

商务印书馆（成都）有限责任公司出品

目 录

第一章	**何为文章**	1
	语言与文章	3
	实用性文章与艺术性文章	6
	现代文与古典文	12
	西洋文章与日本文章	27
第二章	**如何写一手好文章**	43
	不拘泥于语法	45
	如何提升感受力	53
第三章	**文章的要素**	65
	文章的六大要素	67
	关于用语	68
	一、选择通俗易懂的词汇	73

二、尽量使用古已有之、为人熟知的词语　74

三、如无合适古语则使用新词　75

四、即使合适的古语和新词二者皆无，
使用自己创造的新词仍需慎之又慎　82

五、与其选择有典故的生僻成语，
不如选择耳熟能详的外来语或俗语等　84

关于文调　86

一、流利的文调　87

二、简洁的文调　93

三、冷静的文调　97

四、飘逸的文调　99

五、粗粝的文调　100

关于文体　103

一、讲义体　104

二、兵语体　106

三、郑重体　107

四、会话体　108

关于体裁　112

一、振假名与送假名的问题　113

二、汉字与假名的搭配问题　119

三、印刷字体的形态问题　129

四、标点符号　130

关于品格 137
　一、切忌饶舌 142
　二、不可使用缩略语 148
　三、勿忽视敬语及尊称 151
关于含蓄 156

第一章
何为文章

语言与文章

人们将自己的所思所想告知于他人时，可以有诸多方法。比如：倾诉哀思时，其黯然神伤之情可令人感同身受；有想吃的东西时，可以借助手势表达。另外，也可通过哭泣、呻吟、叫喊、凝视、叹息、挥拳等原始的方法直抒胸臆。尤其是要一口气马上表达出急切、激烈的感情时，采用这种原始的方法，有时候更适合。然而，若想表达细腻的思想，除了借助**语言**，别无他法。至于没有语言将会如何束手束脚，去不通日语的国家旅行一次，便会知晓个中滋味了。

此外，语言不仅以他者为对象，在一个人冥思苦索时也是不可或缺的。我们常常在脑海中喃喃自语："这个应该这样做，那个应该那样做……"若非如此，则难以理清自己的思路。大家在思考算数及几何的问题时，想必也在脑中用过语言吧。我们在排解孤独之际又何尝没有这种自言自语的习惯呢。独处之时，即使强迫自己停止思考，另一个自己也会悄然而至、在耳畔窃窃私语。不仅如此，与他人交谈时，有时也会将自己要说的话在心中默念一遍，再说出口。至于我们说英语时，大部分时候脑子里首先浮现的是日语，然后才试图将之翻译成英语。即便用母语谈论错综复杂的事情时，仍有很多人认为这么做是不可或缺的。**如此说来，语言既是表达思想的工具，亦有着赋予思想以形式，以及归纳总结的功用。**

可见，语言给我们带来诸多便利。但是，若以为语言能够完美无瑕地将人类的所思所想、所感所悟予以呈现的话，则是大错特错了。如前文所提及的那样，很多时候哭泣、大笑、喊叫是表达情绪的不二之选。独潸然而泪下比喋喋不休更能传达出万千思量。再举一个简单的例子，如果力图用语言通俗易懂地向一位从未品尝过鲷鱼味道的人介绍其鲜美程度，这无异于缘木求鱼。可见，语言连一种常见食物的味道都很难恰如其分地表达，其局限性足见一斑矣。不仅如此，语言虽有概括思维的功用，但也存在着**令思维陷入定式**的缺陷。比如同一朵红花，在不同人的眼中呈现的色彩是否毫无二致？视觉敏锐的人可能会发觉常人眼中难以觉察的细微复杂之美，他眼中的色彩亦有别于普通的"红色"。倘若此时让他用语言描绘颜色的话，因为"红色"最为贴切，想必他也会如此脱口而出。但也恰恰因为"红色"一词的存在，才让他说出与其实际感觉不符的语言。虽然有那些少了语言的存在就无法表达的事物，但语言的存在也有其弊害。此处暂且不表，后文详述。唯望诸君铭记的是，**语言绝非万能之物，其功用存在着局限性，甚至有时会带来弊害。**

语言借助话语来表达，而**文章**则以文字来表述。以少数人为对象时，尚可用语言来表达；而听者众多的话，逐一传达不免太过麻烦。况且，口述内容无法长久流传，若想让更多的后人知晓并流芳百世，文章的必要性不言而喻。由此可见，语言和文章本同根之物，"语言"则包蕴着"文章"。严格而言，将"口语词汇"与"书面词汇"予以区分恐怕更为妥当。其实，**即便是同一个词语，其文字表述的效果与口头表达的效果也有所差别。**小说家佐藤春夫认为"文章应所著即所述"，虽说如此，但在阅读和倾听同样的内容时，感觉上也会有所不同。讲述时，加入了叙述者的声音、话语的间隔、眼神、表情、举止、手势，文章则没有这些要素，其长处则胜在文字的用法及各种叙述手法。并且，**口头表达旨在实现现场的引人入胜，而文字表述则致力于令这份感铭隽永绵长。**可见，这二者的技巧分属不同领域，妙语连珠者未必擅于笔下生花。

实用性文章与艺术性文章

我认为，**文章没有实用性与艺术性之分**。文章的关键在于将内心所思所想和所要表达的东西，尽可能如实明了地表述出来。写信也好，写小说也罢，都不过如此。"舍华求实"曾被奉为作文的圭臬，其要旨就在于去除无用的粉饰，只写必要的语句。这样写就的文章才最为实用，称得上出类拔萃。

明治时代盛行过一种"美文体"，这种文体使用大量佶屈聱牙的汉语，借语调优美、书写华丽的文字以叙景抒情。在此举一例，请诸君品鉴：

> 南朝延元三年八月九日，吉野主上抱恙，渐入膏肓。祈医王善逝之誓约无验，服耆婆扁鹊灵药亦无验。（中略）左手持法华经五卷，右手按御剑，八月十六日丑时，遂崩。悲乎哉！北辰位高，百官列如星斗，

然九泉之路无一臣随侍。奈何哉！南山地僻，万卒如云，然无一兵能御无常之敌。唯如覆船于中流，沉浮于一瓢浪中；暗夜灯熄却向五更雨中行。（中略）土坟数尺之草，一径泪尽愁未了。旧臣后妃涕泪零，瞻望鼎湖龙入云。恨不能化为天边一轮月，霸陵夙夜风，徒羡梦里花。龙驭归天，呜呼哀哉！

上文为《太平记》有关后醍醐天皇驾崩的一节。这在创作当时，即南北朝时期，被视为炳焜之作。其汉语之晦涩也同样令人感同身受。因为是对帝王的悼文，使用如此庄重的表述才符合礼仪吧。

这段妇孺皆知的文字，我在儿时业已熟读。时至今日，对这句"土坟数尺之草，一径泪尽愁未了。旧臣后妃涕泪零，瞻望鼎湖龙入云"仍记忆犹新，甚至能背诵出来。明治时期的美文体可谓与这种文体一脉相承。彼时的小学作文练的就是如何搜罗晦涩的汉语，并绞尽脑汁地把词语堆砌成文章。无论是天长节的祝词，抑或毕业式的致辞、赏樱记等文章，无一不由这种文体写就。古人如何看待之已无从得知，但对现代人而言，这种过于雕饰的文章的确不利于抒发己见和感情，渐渐就成了陈谈往事。一提及非实用的文章，这种美文体可谓是首当其冲。

另外，此处补充说明一下体裁问题。文章可分为**韵文**

和**散文**。所谓韵文，即诗歌，不仅仅是将自己的所思所想传递给他人，也要将吟咏之情作成易于抒发的形式，这意味着其字数和音韵需要遵守一定的章法。可见，韵文虽是文章的一种，就写作目的而言与一般的文章有所不同，但也自成一家，其根本在于其艺术性而非实用性。**不过，我在本书中探讨的对象不是上述的韵文，而是散文**。这点敬请读者诸君知晓。

仅就非韵文体的文章而言，是没有实用性与艺术性之分的。以艺术性为目的而创作的文章，如以实用性的手法写就也许效果更好。早些时候写文章时无法言文一致，这是因为口语措辞或民间俗语被视为难登大雅之堂之物，需佐以一些华而不实的修饰，故美文体大行其道。然今非昔比，对现代人而言，即便是铺锦列绣、朗朗上口的文字，如果理解不了，便无法感受到其美感。这并非对礼仪不屑一顾，而是无法将这些优美的语句与礼仪画上等号罢了。原因在于：其一，我们的心理活动、生活状态、外界事物等与往昔相比发生了很大变化，内容变得更为丰富、细腻。如果将字典上搜到的古词生搬硬套，则无法贴切地表述出现代的思想、情感以及社会事件。以此，若力求把现实生活中的事情写得通俗易懂，就需要采用尽可能贴近口语的文体，如俗语、新词甚至外来语等，不一而足。换言之，韵文和美文的写作目的除了**让人理解**之外，**文字赏心悦**

目、**朗朗上口**也同等重要；而现代**口语文**，则以让读者明了为主要目的，倘能兼具文字、韵律之美当然为至上，但也不会耗费工夫拘泥于此。当今社会世事复杂多变，能将**文章写得通俗易懂**已经称得上达成了文章的使命了。

以文章来表现的艺术是**小说**。然而艺术并非脱离生活而存在，莫不如说其与生活息息相关。小说中的文章必须植根于现实。如果诸位认为小说有什么特别的写法或辞藻的话，不妨随意翻开一本现代小说读一读，立刻就会发现小说无一不是实用性文章，毫无那些华而不实的东西。此处选取志贺直哉《在城崎》中的一节以举例说明。

我的房间在二楼，没有临屋，是一间安静的和式房间。读书写字累了的时候，我常去长廊的椅子歇歇。旁边就是玄关的屋顶，它与房屋相接的地方就形成了一条板壁。这个板壁里似乎有个蜂巢，只要天气晴朗的日子，硕大的蜜蜂就从早到晚不知疲倦地劳作着。它们从板壁的缝隙中钻出，直奔玄关屋顶而去，在那里用自己的前后肢细细地梳理翅膀与触角，有的还会踱几圈步，随即便奋力展开细长的双翼"嗡"地腾空而起，倏忽而去。庭院里的八角金盘花开得正旺，蜂群便聚集于此。我百无聊赖的时候常倚着栏杆望着它们进进出出。

一日清晨，我发现一只蜜蜂死在玄关屋顶上。它的腿脚蜷缩在腹下，触角无力地垂落于面前，其他的蜜蜂十分冷漠，仍忙着飞进飞出，间或在它身旁爬来爬去，一副视若无睹的样子。劳碌的蜜蜂让人感到生命力的涌动，而一旁那只从早到晚静静趴着的蜜蜂又让人倍感死亡之真切。那样的情形持续了三天，每每看到，都令人感到如此之宁静，且寥然。其他蜜蜂纷纷归巢的日暮时分，冰冷的屋瓦上的那具尸骸令人感到如此寥然，然而这也是一种宁静。

已故的芥川龙之介视《在城崎》为志贺直哉最杰出的作品之一，但这部作品称不上是有实用性的文章吧。上面的选段描写了一位来温泉疗养的人，在其二楼住处看到一具蜜蜂尸骸时的心境，并对尸骸的外观进行了刻画，可谓言简意赅。这种简明扼要的手法在实用性文章中也同样重要。这篇文章毫无佶屈聱牙之处，就像我们平日写日记、写信般娓娓道来，同时亦闪现着作者敏锐的洞察力。上文中加点的地方，足见作者细致入微地观察了一只蜜蜂的动作，并如实地描绘了出来。之所以能如此传神，是因为其舍弃了不必要的描写。例如段末写道，"每每看到，都令人感到如此之宁静"，紧随其后又突然插入一句"且寥然"，在这里，作者并未加入主语"我"，其写作手法着实让人耳目一新。再如"其他蜜蜂纷纷归巢的日暮时分，冰冷的屋瓦上的那具尸骸……"这句描写，一般可能写为"日暮时分，其他蜜蜂纷纷归巢，只有一具尸骸留在冰冷的屋瓦上，看到它……"，相比之下，作者这种干练的笔触令人印象深刻，正所谓"去华求实"是也，称得上是实用性文章的典范。然而，**看起来最为实用的写作手法实则需要高超的艺术技巧**，绝非一件易事。

在上文志贺先生的描写中，"宁静""寥然"二词均出现了两次，这种重复是凸显安静和寂寞的有效手法，并非画蛇添足，其理由将于下文详述。总之，这种手法虽然是艺术性的，但也绝非与实用性的目的背道而驰。**实用文中，这些技巧的存在可令文章增色不少。**

虽然我一直在强调实用性，但时至今日，实用文范围涵盖了广告、宣传、通信、报道、手册等诸多文体，这些或多或少都需要艺术性的元素。从用途而言，艺术与实用之间的边界也日益模糊。比如法院的诉讼文书，这应该是与艺术性最无缘的文体了，但其对犯罪情况及时间、地点的精确描绘，对被告及原告心理细致入微的描写，甚至比小说都精彩。可见，日后的大多数职业都需要掌握写文章的本领，望各位谨记此点。

现代文与古典文

我在上文中提及，**口语体**文章为大势所趋，那么**文章体**的文章就毫无用武之地了吗？非也。口语体也好、文章体也罢，都是源于我们平时说的日语，从根本上来讲，都是一回事。**写口语体文章和文章体文章的诀窍并无二致。口语体文章倘若轻视文章体文章的写作精髓，则无法成为名篇。**

由此可见，极有必要对文章体的文章予以深入研究。

古典文学的文章均由文章体写就，大致可分为"**和文调**"及"**汉文调**"两大类。所谓和文调，其实就是彼时的口语体，如《土佐日记》《源氏物语》，其文体就是按照当时的口语作成，即所谓的言文一致体。然而，口语是随着时代的变化而变化的，彼时的口语渐渐演化为一种文章体，仅保留于文字层面。所谓汉文调则始于《保元物语》《平治物语》等军记作品，在本土日语的基础上加上汉语，抑或汉语的日语训读，即所谓的**和汉混交文。这两种文体中，和文调被束之高阁**。在明治时代之前被称为**拟古文**，有人时常以此练笔。时至今日，因其毫无实用价值，已无人作此文体的文章了。而汉文调尚有几分用武之处，举个失敬的例子，大家所熟知的《*教育敕语*》就是和汉混交文的典范。除此之外，天皇诏书也由流利的汉文调写就而成。民间的祝词、致辞、悼词等正式场合的文章也均是汉文调的文章。虽说如此，与以往相比使用的场合已经少得多了。近来的追悼会上，用口语体致悼词已经不是什么稀罕事了，想必在不久的将来，汉文调恐难逃脱沦为明日黄花的命运。

在上文中，我讲过正因为现代生活的纷繁复杂，以前的那种粗枝大叶式的写法已经满足不了现今时代的要求，要想让现代人"理解"，必须使用口语体才可以。而且现在的口语体也无法像彼时那样兼顾**字面**和**音调**之美，而是绞尽脑汁于如何"让人明白"，"让人理解"。话虽如此，我想提请诸位注意的是，"**让人明白**"也是有分寸的。

我在本书开头就说过，语言绝非万能之物，它的功用存在着局限性，有时甚至有害，可现代人却时常忘记这一点。有些人甚至轻率地认为，口语体的文章写什么题材都能"让人明白"，此乃大错特错矣。很多人先入为主地认为：口语体这种便利的文体自明治末期诞生以来，因为没有用语及字尾的束缚，加上表达上的言文一致，即便是描写微妙的事情只要词汇丰富就可以让人领会。这种谬论，直接导致今人在语言使用上的繁冗拖沓。明治时代以来，词汇数量与日俱增，各类名词、形容词也层出不穷，其速度之快、数量之巨令前人始料不及。加之翻译的盛行导致诸多学术用语及技术用语进入人们的视野，时至今日，各种新词如雨后春笋般涌现，人们竞相使用这些词语进行细致入微的描写，文章自然就变得冗长拖沓，本来一两行就足以表达的事情却花上五六行赘述。如此费尽口舌会令读者豁然开朗吗？遗憾的是，大多事与愿违。这种"体贴入微"、言无不尽般的讲述，只会令读者感到不胜其烦、不知所云。其实**口语体最大的缺点就在于自由自在的表达反而令文章变得冗长，容易陷入散漫的困境**。词语的大量堆砌导致文不逮意。因此当务之急就是约束这种散漫，尽量使其单纯化，解决方法唯有**回归古典文精神**这一条路可行。

文章的诀要，即"让人明白"的书写秘诀就在于，**知晓语言和文字表达的界限并止步于此**。古往今来的文学大家对此都颇有心得。这是因为，以前词汇量少，且在用典上极尽考究，使用的场合亦有限制。叙景也好，抒情也罢，并没有很多种写法。惜落花之凋零、赏朗月之清辉、恨人世之无常，这些情感的抒发虽然因人而异，但语言的表达可谓约定俗成、大同小异。所以在古文中，虽然词语的重复使用现象十分常见，但这是必然的结果，这些词语在不同的场合有其独特的寓意，每一个词语都生出月晕般的阴影，意味深远。

四五日前，行于足柄山。云迷雾锁，阴森可怖。终至山麓，树木遮天蔽日，着实可怖。夜宿山麓，无月暗夜，四下漆然。忽三游女飘然而至，一五十许妇人，一桃李佳人，一豆蔻姝丽。令其撑伞坐于庵前，众男子燃火以观之。一人言：为木幡之孙。其云鬟齐眉，肤白无瑕。众人叹曰："若能收之为侍，实属幸哉。"其声无与伦比，高唱入云，愉悦欢喜。众人愈叹，唤其至侧，兴致盎然道"犹胜西国女"，游女闻之，欢喜唱曰"不及难波女"。其人肤白无瑕，其声无与伦比。曲终，重返可怖山中，众人依依不舍，因之落涕。吾等幼者亦不舍其离去，然尤不舍夜宿之庵也。

拂晓时分登山，山中情形愈发可怖，仿佛踏云于足下。行至山腰树荫稀疏处，偶见葵三株。众人皆叹此物竟生于如此荒僻之地。山中有小溪三条。

此文作于距今九百余年前，作者是上总介菅原孝标之女。她将其十三岁时随父进京的经历，时隔四十年后付诸笔端。文中有多处重复用语现象。足柄山是怎样一座山？她称之为"云迷雾锁，阴森可怖"，不仅如此，"树木遮天蔽日，着实可怖""山中情形愈发可怖"等，仿佛形容山时只有"可怖"一词可以使用。并且，"叹"这一词亦三次登场，无论是听到游女美妙绝伦的歌声还是看到深山大树下的三株葵，人们均感叹于此。对女人的脸进行描写时，则两次都用到了"肤白无瑕"一词。形容歌声要么是"无与伦比，高唱入云"，要么就干脆是"无与伦比"。除此之外，"欢喜""不舍"这两个词也出现了两次。由此可知往昔的词汇是如何之寥寥，即便如此，仍可以将作者的意思明了地表达出来。"可怖"一词足以让人联想到树木苍郁的山貌，而"叹"这一个字，则重现了围着三位游女打趣的男子乐而忘忧的样子，他们对女子歌声及容貌的赞美之词仿佛就在读者的耳畔响起。可见，质朴的写法大体也可满足表达上的功用，这归功于彼时人们对"めでたし"[1]"おもしろし"[2]"をかし"[3]这些简单的形容词进行了细致的词义区分。此外，从"无月暗夜，四下漆然"到"众男子燃火以观之。一人言：为木幡之孙。其云鬓齐眉"，这短短五行文字，将夜路邂逅的彷徨游女的魅力、旅人见

---

[1] めでたし有"优秀、美味、擅长、可贵"等含义。——本书脚注除特殊说明外皆为译者注
[2] おもしろし有"愉快、有趣、奇妙、别致、滑稽"等含义。
[3] をかし有"滑稽可笑、景色宜人、富有魅力"等含义。

之的惊诧都烘托得恰到好处。从"燃火"一词中虽然无法判定这火究竟是"灯烛""火把"抑或"篝火",但"令其撑伞坐于庵前",可知游女们坐于庭院或路上,那么众男仆所执的大概为"灯烛"或"火把"吧。在摇曳光影的映照下,女子们的绰约身姿清晰可见。如漆的暗夜在他们的身后铺开,天穹下耸立的足柄山在夜色中若隐若现。而"其声无与伦比,高唱入云"亦为佳句。文中之旅是九月三日从上总国出发的,恰逢秋末。清冽的夜空里回响着清澈的歌声,这种美妙的感觉在这句话中体现得淋漓尽致。"不及难波女"这句只写了歌的开头,似乎忘记了下文,实则是一种余韵悠长式的写法。语句简明易懂,令人铭感于心,未必劣于饶舌的口语文。

其次,我认为古典的字面及音韵之美,某种程度上或大部分时候都是具有参考价值的。这与我上文所述貌似矛盾,但倘若进一步思考,则会理解口语文也不能完全忽视**音韵及视觉效果**。原因就在于,在"让人明白"这件事上,字形及音调具有与生俱来的力量。读者本身在阅读时可能没注意到这点。但是,写作高手们则深知听觉、视觉带来的感官愉悦与文章理解二者间相得益彰的关系。既然语言非完美之物,**利用诉诸读者眼耳的所有要素,以完善表达上的不足,又何尝不可呢?** 以前印刷术尚未发达之时,字迹的巧拙、纸质、墨色等细节对内容理解有着很大的影响，这是理所当然的事情。既然文章是借助视觉而理解的，那么眼睛所见的一切感官要素都必将左右读者对其的印象。并且，大多数时候，这些要素与文章的内容息息相关，最终浑然一体于脑中。我时常想起儿时背诵的百人一首和歌，首先浮现在脑海里的总是写在花牌上的字形。当时没有如今这样统一形式的花牌，都是由善书者以草书或变体假名书就。说起"久方之"[1]，就会想到"久方之"这首和歌花牌上写的字体，这种类似的体验大家都有吧。对我而言，和歌中印象尤其深刻的当属藤原定家及藤原行成所书的秀丽色纸或短册。时至今日，文章都通过排版印刷出版，但是印成铅字后就不需考虑上述要素了吗？读者在记忆某篇文章内容时，其字体也随之被记忆，当记忆被唤起时，这些内容都会涌现在脑海里。因此，现在书写功底已经不是问题，但段落是一段还是两段？用何种字体？用多大的字？是否用粗体？需不需要加句号？是四号字还是五号字？以及文字的表示方式——这个词语究竟是用汉字写，还是平假名或片假名写？在理解文章所表达的理论、事实以及情感时，这些要素都起到了推进或阻碍的作用。

　　文章的第一要求是"让人明白"，第二要求则为"令

---

[1] 和歌枕词，后接"空""月""云""雨""光""夜"等词。

人难忘"。其与口语的区别，主要体现在第二点上，这也是其重要的功能。如此看来，文字的样式即**字面**具有极其重要的作用。从上文所举的百人一首的例子可知，我之所以常常想起和歌，大部分原因归功于其美妙的字体。当我想到那些字体时，也会想到那些和歌以及花牌的触感，进而唤醒了幼时除夕夜玩花牌的记忆，让人有一种说不出的怀念。西方的文章大概也有类似的情况吧。**因为我们使用的是独特的象形文字，通过诉诸读者视觉来形成印象。这一点即便在铅字的世界，某种程度上也是通用的。**只要国字不改为罗马字，我们就不该摒弃这种独一无二的利器。或许有人认为这么做并非正统之道，但毋庸置疑的是，字面必然会对内容产生积极或消极的影响。对于像我国这样混用象形文字和音标文字的情况而言更是如此。如此说来，将这种影响与文章的目的一并思考也是理所当然的。

为避免误会，我所说的"字面"指的并不是使用难懂的汉字。近来常见到有人刻意将汉字以片假名的形式书写出来，比如"愤慨"写成"フンガイ"，以取得某种表达上的效果，这应该出于上文提及的对字面的考虑。而在西方，每个词汇都有其固定的表达。如"书桌"只能写成"desk"，中国大概也是如此吧。我国则多达三种写法："机""つくえ""ツクエ"。如此说来，故意将司空见惯的汉字写成假名以吸引读者的注意并加强印象也是可以理解的。由此，所谓"悦目的文字"绝非局限于汉字。虽然每个汉字都充满了美感，但是字与字之间的连接则缺乏美感。将其混杂于假名中，难免有突兀不整洁之感。而平假名不仅本身优雅别致，其连接方式亦不失优美。汉字因其本身笔画复杂，印成当下的小型铅字后，大部分魅力已经消失殆尽。平假名因为字画简单，历经岁月仍魅力不减。所谓字面悦目指的就是在权衡上述要素的基础上所呈现的效果。

然而，现代口语文中最为匮乏的并非视觉效果，而是听觉效果，即**音调美**。说到"读"，现代人都理解为"默读"，加之朗读的习惯已日渐式微，文章中的音乐性要素被视若等闲。就文章之道而言，着实令人扼腕叹息。在西方，尤其是法国一带，人们对诗歌及小说的朗读法进行了大量研究，各种朗读会数不胜数。朗读对象不仅包括古典作品，亦不乏现代作家的作品。正因如此，彼国的文章才能有健全的发展，其文艺之发达也并非偶然。反观我国现状，连何为朗读法都不为人知，更遑论其研究者。最近，NHK大阪广播电视台播放了富田碎花的诗朗诵，NHK东京广播电视台也随之播放了古川绿波朗诵的夏目漱石《哥儿》选段，可见广播业将其发扬光大也是指日可待之事。我则希望各学校应该聘请富田先生这样的朗诵名家，也期待汉文老师们都能掌握这样的技能。我之所以强调这点，是因为**朗读习惯虽已日渐式微，但舍弃声音的阅读是绝不可能做到的**。人们在心中发声，内心之耳则捕获这个声音，从而完成了阅读。这个过程看似默读，实则为音读。既然是音读，总需要些抑扬顿挫和跌宕起伏。然朗读法的研究尚百端待举，如何处理抑扬顿挫和跌宕起伏，自然因人而异、大相径庭，从而导致作者煞费苦心创造的节奏有被读错的可能。这对像我这种以写小说为营生的人而言至关重要。我向来十分在意读者是如何处理拙作中的抑扬顿挫，这是因为目前尚缺乏为不同类别文章设定的统一朗读基准。

说起来，现代人描述微不足道的事时存在的滥用汉字现象，是明治时期熟语激增、日式汉语扩张的后果，其弊害将于后面"关于用语"部分详述。而**该弊害产生的原因之一就在于朗读的习惯日渐式微，文章的音乐性效果被等闲视之**。也就是说，文章本来不仅应"以眼观之"，亦应"令耳察之"，但今天的年轻人无一不认为文章只要写得了然于目则足矣，漠视韵调和音调，只是一味堆砌使用类似"如何如何的"的汉字。然而，我们需要视听并行才能理解，眼耳协同才能阅读。所以如果罗列过多汉字的话，则听不及视，字形与字音各不相谋，反而理解上要多费时间。因此，**诸位在写作时，出声诵读所写词句是否朗朗上口是不可或缺的**。倘若不能朗朗上口的话，则此处必是败笔。这么说虽有些极端，但也是千真万确的事实。其实我从年轻时到现在，仍常用此法，可见若将朗读法视如敝屣是不可行的。我相信若大家对音读习以为常的话，堆砌汉文词汇的徒劳做法也势必不复存在。

写到这里，我想起了寺子屋[1]教汉文时使用的"素读法"。**素读**是指不讲授而直接进行音读的方法。我儿时尚有寺子屋式的私塾，小学时常去那里学汉文。先生翻开桌上的书，一边执教鞭指着上面的文字，一边大声诵读。我们则认真地听着，先生一段终了，轮到自己大声朗读，读得遂意便继续读下去。我就这样学习了《日本外史》及《论语》。至于文章的含义，学生问起来先生才会解答，一般则不予以说明。但古典文章大多读起来朗朗上口，因此就算意思不甚明了，其音韵仍萦绕耳畔，令人不禁脱口而出。从少年到青年，又从青年到老年，触景生怀之时，自然会有感而悟。这就是中国的古人说的"读书百遍，而义自见"。听老师的讲解只能了解大意，而不能体会其言外之意，不久就会忘却了。例如，《大学》中有这样一段：

诗云："缗蛮黄鸟，止于丘隅。"子曰："于止，知其所止，可以人而不如鸟乎？"

---
1 寺子屋是明治维新之前寺院开办的儿童初等教育机构。

这是读过《大学》的人都记得的名句，若令人将其韵味和含义译成现代文，如果不是汉学研究者的话恐怕难以胜任。虽说如此，我们一般人对其大意还是略知一二的。"缗蛮黄鸟"中的"缗蛮"一词，如果不查字典难以知晓其含义，但冥冥中脑海里却浮现出一处山丘树林的枝头，黄莺引吭高歌的情景。诗歌中也不乏这样的例子，自己知晓并深信不疑的事情，却无法解释清楚。然而，这种模糊的直觉恰恰可能就是对的。原因在于，若将原文的语句换个说法，虽然含义似觉明晰，但大多数情况只是传达了部分意思。"缗蛮黄鸟"只能是"缗蛮黄鸟"，其他任何文字和辞藻都无法言尽原文深邃辽远的意境和悠长的韵味。由此可见，"理解原文就可以将之译成现代文"这种想法是失之偏颇的，有这种轻率想法的人才是名副其实的门外汉。不解释而只教授素读的寺子屋式教授法或许才是能真正培养学生理解能力的方法吧。

写到这里，各位想必已经明白"让人明白"和"让人记住"这两件事本质上是一回事。即**为了写得"让人真正理解"，需要写得"容易记忆"**。换言之，字面美和音调美不仅有助于读者记忆，亦有助于理解。这两个条件缺一不可，否则含义将无法完全表达。为什么现在我们仍记得上文中提及的《大学》的内容？毋庸置疑，原因就在于"缗蛮"这两个字的独特字面和文章整体的音调使我们念念不忘、记忆犹新。这也是我们最初模糊的直觉逐渐明晰化，乃至最终领会其深意的原因所在。

前文中所列举的《太平记》一节内容也是如此，我对那段现代已经不通用的文章仍记忆犹新，原因亦归功于其字面与声调。只要还记得"一径泪尽愁未了""瞻望鼎湖龙入云""徒羡梦里花"这样的句子，终有顿悟其深意之时。总之，过度使用辞藻确实会导致谬误，而词语表达上的不足则可以借字面及音调弥补，这样写就的文章才不蔓不枝，字字珠玑。

字面与音调，我称其为文章的**感觉性要素**。不具备这些要素的现代口语文，从文章的角度而言是有所欠缺的。时至今日，祝词及悼词仍使用和汉混交文这点就足以证明口语文并不适合朗读。然古典文章中此类感觉性要素比比皆是，我们有必要对此透彻研究并学其长处。另外，和歌与俳句等也有很高的参考价值。本来韵文的根基就在于字面与音调，可谓国文之粹也。在散文写作时，取其精髓化为己用显得尤为重要。

为了体会现代文中感觉性要素的重要性，各位可以再细细品味前文志贺直哉《在城崎》的选段。若将其中的"其处で""丁度""或朝の事""一つ所""如何にも""仕舞った""然し"换成"そこで""ちやうど""或る朝のこと""一つところ""いかにも""しまった""しかし"

的话，那么原文那种犀利鲜明的印象必将荡然无存。这虽然多为作者的个人用词癖好，是一种无意识的行为，但作者对字面绝非漫不经心，而是深知只有适当使用汉字，减少假名才能成就精炼的文章。再如，"随即便奋力展开细长的双翼'嗡'地腾空而起"（「直ぐ細長い羽根を両方へシッカリと張ってぶーんと飛び立つ」）这句，"奋力"使用了片假名"シッカリ"，而"嗡"使用了平假名"ぶーん"，用笔之妙令人叹服。倘若将"嗡"一词的平假名"ぶーん"换成片假名"ブーン"的话，就无法令人体会到"硕大的蜜蜂"翅膀震动气流的摩擦音。"ぶうん"也不成，只有"ぶーん"才能将蜜蜂径直而去的样子如实地描绘出来。接下来再看看这段文字的结尾部分：

> 让人倍感死亡之真切。那样的情形持续了三天，每每看到，都令人感到如此之宁静，且寥然。其他蜜蜂纷纷归巢的日暮时分，冰冷的屋瓦上的那具尸骸令人感到如此寥然，然而这也是一种宁静。

乍一看并无惊人之语，"那"一词使用了三次[1]，"寥然"也出现了两次。最后以"然而这也是一种宁静"作

---

[1] 此处日文原文分别为"それが""それは""それは"。

结，仅用几个过去式的表达使全文呈现出一种紧张感。"令人感到""宁静"也重复出现两次，作者欲表现自己孤独的心境，仅用"寥然"一词而无其他赘语。如此往复，使感觉能够直抵读者心灵。志贺直哉这种写实主义作家，其文以达意为主。即便如此，要想"达意"，也需要作者的覃思。可见，感觉性要素绝非悬疣附赘，就算是朴素的实用文，亦不能将之视若等闲，否则往往会显得美中不足。

另外，古典文中还有一种**书简中使用的文体**。这种文体既非和文调，亦非汉文调，乃是一种变体文章，即所谓的**候文**[1]。虽然该文体最终难逃衰亡的宿命，不过目前尚通行于各政府机构，有些怀古趣味的老者也将之作为书信的文体。私以为，这种文体的大气自如之处，仍值得当下的口语体文章借鉴。若让如今的年轻人试写候文，恐无一人能够写得无可挑剔。只知道在文中生搬硬套般夹入"候"字，无法与全文浑然一体。其原因在于，以前的候文，句子间存在着一定的**留白**。上下文未必存在逻辑上的联系，其意义的间断处蕴含着幽情暗绪，有此处无声胜有声之妙。然今人不解风情，用"候"（候ひ）、"恭候"（候が）、"并候"（候ひしが）等词衔接以补白。然而，这些留白恰恰是日语文章的魅力之处，是口语文中最为欠缺的。所以我们即便不写候文，也需要学习候文的诀要。

---

1 日本中世纪至近代的一种文体，句末用"候"结尾，以示尊敬。

西洋文章与日本文章

我们除了研习古典之外，亦有必要吸收西洋文章之长处，这点无需多言。但也应该考虑到：**如果两个国家的语言系统截然不同，其文章间也必然存在着无法逾越的鸿沟**。有时费尽心力师之长技，却无法发挥其长处，反而破坏了日语中固有的机能。依我看，明治以来，我们已将西洋文明尽纳囊中，若过度吸纳的话则会导致越界，波及日语的健全发展。其实，这种弊害已经有所显现。因此，时至今日，**应该暂缓师之长技，整治盲目向西方学习的乱象**才是当务之急。

镰仓时代，我们的先祖在汉文语法的基础上，创造了和汉混交文这种新文体。仔细观之，这绝非对古代汉语的简单照搬。如：子曰ク止マルニ於イテ其ノ止マル所ヲ知ル、人ヲ以テ鳥ニ如カザル可ケン乎。（子曰："于止，知其所止，可以人而不如鸟乎？"）虽是汉文，但孔圣人读此

句时，并非如我等般从后往前读，而是把这十四个字竖着依次读成"于止，知其所止，可以人而不如鸟乎"。从古至今，汉语中就没有像"テ、ニ、ヲ、ハ"这样的格助词，而是动词后直接接宾语。此外，汉语中也没有与"緡蛮タル"中的"タル"相对应的成分。"タル"本是"トアル"的缩略语，没有的话日语的语法和句意均无法成立，所以标上了"送假名"[1]。如此看来，这种句式仍然隶属于日语范畴，是一种为了用日语语法读汉文而造出的不尽完美的新奇说法。最初，这种读法仅用于读汉文，后来也用于写日语文章，这就是和汉混交文。因此，该读法是在汉语影响下产生，但其本质并非汉语的语法。可见，即便是与日语最具有亲缘关系的汉语，受其千余年潜移默化的影响都难以与之同化；遑论与日语关系浅薄的西洋语言，其摄取谈何容易！

本来，**词汇量匮乏**就是我们母语的缺陷之一。比如陀螺或水车的转动以及地球绕太阳的旋转，我们都使用"转动"（まわる）或"旋转"（めぐる）。不过前者指物体自身的旋转，而后者指一个物体绕着另一个物体周围旋转，二者间存在着明显的区别，却在日语上没有体现出来。然而，无论是英语还是汉语，都对此有着明确的区分。汉

---

[1] 指一个日语词汇中，汉字后面跟随的假名，用来指示前面汉字的词性或读音。

语中表示"转动"或"旋转"的词语有：转、旋、绕、环、巡、周、运、回、循等，不一而足，意思上则略有差别。如陀螺或水车的"转"，可用"旋""转"二字；"绕"则指不离开物体，围其转动；"环"指圆形包围；"巡"是巡回视察；"周"是环绕一圈；"运"是移动变化；"回"指漩涡式流动；"循"则指顺着某个物体行走。再如，形容樱花盛开时的美景，日语只有"华丽"（花やか）一词；而汉语则有"烂漫、璀璨、灿然、缭乱"等不胜枚举。因此，我们在汉语词后加上"する"而造出许多动词，如"旋転する""運行する"，在"爛漫"等词的后面添加"な""たる""として"造出众多形容词和副词，以弥补日语词汇的匮乏。就这点而言，我们确实受益于汉语良多。然时至今日，纵使汉语词汇如何丰富也已经不够了，于是我们又把 taxi、tyre、gasoline、cylinder、meter 这些英语词音译成日语，或借助汉字来翻译西洋的词汇，如"形容詞（形容词）""副詞（副词）""語彙（词汇）""科学（科学）""文明（文明）"等。不这么做的话，日语词汇就不够用，这些外来词汇用起来也很得心应手。就像我们的先祖摄取汉语词汇那样，我们也从欧美的语言中取为己用，以丰富国语，这确实是一件有益的事情。但任何事情都存在着两面性。在汉语的基础上又引入西方外来词、翻译词，导致了日语词汇量的迅速膨胀。就如我一直担心的那样：人们过于依赖词语的力量，变得侃侃而谈，却遗忘了沉默的效果。

国语与其国民性有着割舍不断的关系。日语词汇匮乏并不等同于我们的文化劣于西洋或中国。莫不如说，**这一点恰恰证明了我们的国民性就是不善言辞的**。我们日本人常常从战场凯旋，但坐到外交谈判桌上时，却因木讷寡言而功败垂成。**自古以来中国和西洋就不乏因雄辩而闻名的伟人，而日本历史上却没有这样的人物**。反之，**我们自古以来就对能言善辩的人嗤之以鼻**。我们的历史也印证了这句话。一流人物以沉默寡言者居多，能言善辩者则多屈居二流乃至三流。因此，我们不像中国人、西方人般信赖语言的力量，也不信任口若悬河的效果。其原因首先归结于我们的耿介性情。我们认为，个人的实际行为，明白的人自然会明白，只要自认无愧于天地神明，就不必浪费口舌一一解释。正如孔子所言"巧言令色鲜矣仁"，我们虽不能一概而论地认为巧言善辩者多谎言，西方的情况不太清楚，但起码在我们东方，还是普遍认为口若悬河者往往言过其实，不值得信赖。"君子慎言"是一种美德，日本人尤其执着于此。比如"腹艺"这个日语独有而汉语没有的词语，其含义将沉默的价值提升至艺术的层面上。"以心传心""肝胆相照"这些词语亦说明只要心怀诚意，对方自然会感同身受，这种默契比千言万语更珍贵。细细想来，之所以我们会秉持如此信念，根源在于东方人特有的内敛气质。我们倾向于保守估计事情，倘若有十分的实力，也认为自己仅有七八分，并这样展现给他人，觉得如此才符合谦逊的美德。西方人则恰恰相反，他们会毫不顾忌地有十说十。这并非代表他们不懂何为谦逊，而是东方式的谦逊在他们眼中代表着卑怯、守旧，甚至有可能意味着虚伪。这两种性情各有利弊，西方人是进取型而东方人是保守型，我们向其学习的地方还是很多的。暂不论优劣，**考虑到日本人的国民性，我们的国语渐渐不适用于高谈阔论，这并不是一种偶然**。还有就是，大概是岛国人的原因，我们没有西方人、中国人那么固执。说好听的这是干脆利落，也可以理解为性子急、不执着，所以讨厌过甚其词。因为说了也无济于事，对方理解跟不上的话还不如顺其自然，所以就没有那么执着。毋庸置疑，这种性情也会投射在自己的国语中。

国语的优势和劣势深深植根于国民性中，**不改变国民性，只改良国语是不现实的**。所以我们虽然可以摄取汉语和西方语中的词汇以弥补国语的不足，但不要忘了过犹不及这个道理。我们国语的构造是以少言多，而不是堆砌文字以表意。现以如下例子说明，请诸君先过目这段英文原文：

His troubled and then suddenly distorted and fulgurous, yet weak and even unbalanced face——a face of a sudden, instead of angry, ferocious, demoniac——confused and all but meaningless in its registration of a balanced combat between fear and a hurried and restless and yet self-repressed desire to do——to do——to do——yet temporarily unbreakable here and here——a static between a powerful compulsion to do and yet not to do.

这是美国现代作家西奥多·德莱塞（Theodore Dreiser）的长篇小说《美国悲剧》中的一节。该小说曾由著名电影导演约瑟夫·冯·斯登堡（Josef von Sternberg）改编成电影在日本上映，可能有读者已经看过了。上段描写的正是主人公克莱德犹豫是否要杀人，刹那间的脸部表情变化。这些长而又长的句子都是对其面部表情的刻画，虽然这些句子只是整个长句的一部分，其细致入微的程度令人叹服。下面，我尝试将这段英文原文尽可能忠实地用日语逐字还原出来。

　　他那迷惘、继而突然扭曲、熠熠生辉的，但又懦弱、失控的面庞——蓦地变成另一张脸，不是怒不可遏、残暴、恶魔般——而是慌乱、焦躁却强行按捺着——时而难以决断——下手吗——下手吧——下手的欲望杂糅着恐惧，难以决断的、几乎无表情、渐渐混乱的脸——下手！不，住手！最终定格在一种纠葛中的静止状态。

彼の困惑した、そうしてそれから突然に歪められ、閃々と輝いているところの、だが弱々しく、そうして平衡をさえ失っている顔、——急に変った或る一つの顔、憤怒に充ちた、猛悪な、悪魔的なと云うのではなくて、——慌しい、胸騒がしい、だがじっと抑えつけられている、——だが時も時とて打ち克ち難いところの、——やっちまえ、——やっちまえ、——やっちまえと云う欲望と恐怖との間の、決定し難い相剋を示しつつほとんど無表情になった、そうして混乱した顔、——やろう、いや止そう、と云う意志が恐ろしい迫り持ちになった静止状態。

我并不是故意要翻译得拗口。虽说是逐字翻译，为了意思明了有时会改变语序，也有加译、改译、略译的地方。我认为这已经是日语直译能达到的极限了，再直接的话日语就会失去原本面目了。诸君可以数一下这句里到底有多少词汇，"迷惘""扭曲""熠熠生辉""懦弱""失控""蓦地""怒不可遏""残暴""恶魔般""几乎无表情""混乱"等十一个形容词都是"脸"（face）这一个词的修饰语。不仅如此，为了描述"无表情"，用"难以决断"来修饰，"欲望"则用了"慌乱""焦躁""强行按捺着""难以决断"加以烘托。为了连接这些形容词，用了4次"然而"（yet），9次"而且"（and）。我觉得9次过于繁复，所以在译文中减至3次，其实就日语本身而言，这3个也应略去为佳。此外还有修饰这些形容词的副词，如："突然"（suddenly）、"此刻"（temporarily）。原文中"恐怖"（fear）一词后的括号内还有这样一句："一种对死亡或可能带来死亡的残暴行为的强烈化学排斥（a chemic revulsion against death or murderous brutality that would bring death）。"

评论家小林秀雄在其《续文艺评论》中引用了上述英文，指出"这是德莱塞笔下克莱德的表情。看过许多精细心理解析案例的我们，并不会觉得这篇文章有多么出色。即便他更细致地对克莱德的脸进行心理分析，读者的脑中也绝对无法浮现出克莱德的真实表情"。至于到底能不能就交给读者诸君自行判断吧。不可否认的是，西方人对区区一个表情描写都尽可能刻画得细致入微。原文罗列的众多形容词依次进入读者的头脑，作者试图勾勒的情景也在某种程度上得以再现。这是因为英语结构本身就适合若干形容词的铺陈，而且在这种情况下，用"yet self-repressed desire to do——to do——to do——yet temporarily unbreakable here and here"或者"a powerful compulsion to do and yet not to do"这种富有节奏感的表达方式更有震撼力，足见作者的良苦用心。但是译文仅止步于还原原文的语句，这些堆砌的词语无法直抵读者的心灵，只能让人看到一堆词语的铺陈，而无法想象出主人公的表情。原因主要在于从"慌乱"到"强行按捺着"为止都是对"欲望"一词的修饰，但其前后的形容词都是对"脸"一词的修饰。这样的修饰关系在日语句式中无法体现其区别。若将原文词语的顺序稍微调整下，则有如下的译文：

  他起初有一丝迷惘、继而突然扭曲、变成一副闪着异彩的，懦弱、不安的脸——勃然变色后的脸，不是怒不可遏、残暴、恶魔般——而是慌乱、焦躁却强行按捺着欲望——下手吗——下手吧——下手！难以决断的欲望杂糅着恐惧，几乎无表情、渐渐混乱的脸——下手！不，住手，最终定格在一种纠葛中的静止状态。

  彼の、最初は困惑の色を浮かべていたが、やがて突然歪んで、怪しい輝きを帯び出した、弱々しい、不安そうな顔、——急に変った或る一つの顔、それは憤怒に充ちた、猛悪な、悪魔的なと云うのではなくて、——慌しい、胸騒がしい、だがじっと抑えつけられている欲望と、——そうしてまた、やっちまえ、——やっちまえ——やっちまえと唆かしているところの、この場合打ち克ち難い欲望と恐怖との相剋を示しつつほとんど無表情になった、混乱した顔、——やろう、いや止そう、と云う二つの意志が恐ろしい迫り持ちになった静止状態。

这样一来，形容词和名词的修饰关系就一目了然了。但是，意思终于厘清了，读起来还是有些一头雾水，更做不到在头脑中勾勒出这些形容词所表达的复杂表情。我们的国语构造决定了大量堆砌词语非但不会锦上添花，反而会令人不知所云。上文就是一个很好的例证。

下面再看一个例子，来比较下日语原文及其英译的异同。文章选自《源氏物语》（须磨卷），由英国人阿瑟·戴维·韦利（Arthur David Waley）翻译。

须磨过去尚有一些人家，而今已是十室九空，听说就连打鱼人家都罕见，不过他目前并不愿意住在嘈杂的地方。然而若真要远离都城,又思念故土而踌躇不定。想到未来前途未卜,不觉悲上心来。

かの須磨は、昔こそ人のすみかなどもありけれ、今はいと里ばなれ、心すごくて、海人の家だに稀になむと聞き給へど、人しげく、ひたたけたらむ住ひは、いと本意なかるべし。さりとて都を遠ざからむも、古里覚束なかるべきを、人わろくぞ思し乱るる。よろづの事、きし方行末思ひつづけ給ふに、悲しき事いとさまざまなり。

韦利将其翻译如下:

There was Suma. It might not be such a bad place to choose. There had indeed once been some houses there; but it was now a long way to the nearest village and the coast wore a very deserted aspect. Apart from a few fishermen's huts there was not anywhere a sign of life. This did not matter, for a thickly populated, noisy place was not at all what he wanted; but even Suma was a terribly long way from the Capital, and the prospect of being separated from all those society he liked best was not at all inviting. His life hitherto had been one long series of disasters. As for the future, it did not bear thinking of !

近来，韦利的《源氏物语》英译本被誉为上佳之作。他将日本人都难以理解的古文流畅地译成英文，并且一定程度上保留了原文的精神和节奏，确实可圈可点。该译文就英语本身而言无可挑剔。我也毫无指摘之意，但想必读者也会发现，同样的事情由英语表述的话，词汇数竟会如此庞大。日文原文只有四行，但英文变成了十二行，这是因为补译了很多原文没有的词语的缘故。如原文中没有"这个地方住起来也许不错"这句，而是"而今已是十室九空，听说就连打鱼人家都罕见。不过他目前并不愿意住在嘈杂的地方"。英译又费尽笔墨，从"现在离最近的村子都十分遥远，海岸边一片荒凉，除了几户渔夫的小屋外……"到"绝不是他所向往的地方"这三四行都是加译。再如将"思念故土而踌躇不定"加译为"远离他所热衷的社交界的一切物事"，将"想到未来前途未卜，不觉悲上心来"译为"他这一生可谓是命运多舛，对于前途，更是不堪设想"。也就是说，英译比日语原文要严密，没有意思暧昧的地方。另一方面，原文对不言自明的地方没有进一步解释，而英译则对这些地方仍进行了更为细致的说明。

其实原文也未必就意思暧昧。诚然,"远离他所热衷的社交界的一切物事"比"思念故土而踌躇不定"意思更为明了,但是远离都城的光源氏的哀思,又岂止是离情,亦蕴含了志忐、寂寥、怅然等情绪。这些情绪都凝结于"思念故土而踌躇不定"这句话中,如果像英译那样表达的话,虽然意思明了但有所制约,反而浅薄。倘若将这些情绪细细道来,又恐像之前德莱塞的小说译文般晦涩难懂。即使长篇累牍,也无法言尽所有的情愫。总之,此处的哀思是言有尽而意无穷,往往连本人都难以清晰地勾勒出情绪的轮廓。因此,我国的文学家们都不做这样徒劳的努力,反而有意留白,使用富有余韵的词语,辅以感觉性要素,即以基调、字面、节奏来弥补。前文提到过,古典文章的每个字都有月晕般的阴影,意味深远。换言之,应用寥寥数语唤起读者的想象力,留给其想象的空间,作者的功用也仅止于此。这是日本古典文章的精髓,西洋的文章写法则是尽可能地将含义细致透彻地揭示出来,不允许有丝毫模糊地带存在,不予读者以想象的余地。在我们日本人看来,"他所热衷的社交界"等描述过于直白,完全没了余韵;而在西方人的眼中,恐怕也对"思念故土而踌躇不定"这样的描写一头雾水,文中如果不交代清楚"踌躇不定"的缘由,读者们是不会释怀的。

西方的语言和汉语一样，都是动词在前，宾语紧随其后。两种语言也都有时态上的规则，能够区分出时间上的细小差别，前后动作可以区分得很清楚。并且，在关系代词这类重要词语的作用下，可将一个句子与若干句子相连而不产生误解。除此之外，在两种语言中，单数复数、阳性阴性等语法内容繁多。正因为有着如此这般的构造，再多的词语堆砌也可以做到句意通达。然而我们的国语与其构造存在天壤之别，若原封不动予以照搬，如同以酒器盛饭。遗憾的是，今人往往忽略这个事实，导致词语滥用的乱象丛生。他们笔下的文章与其说是古典文，不如说更像翻译文。特别是在小说家、评论家、新闻记者这些以笔为业的人的笔下体现得尤为明显。西方人对"所有的"（all）、"最"（most）这些词的偏好从前文中可窥一二，现代日本人也跟在后面亦步亦趋，不必要的地方也使用最高级形容词。长此以往，我们引以为豪的先人们的优雅和稳重必将日益衰微。

不过这里比较棘手的是从西方引进的关于科学、哲学、**法律等学术类表述**。这要求对事物的本质进行细致、正确、毫无遗漏的描写。遗憾的是，日语文章无论如何都无法巧妙地表达出来。一直以来，我读的德国哲学书日译本往往在问题稍微复杂的地方，都解释得不够明了。而不明了的原因并不是因为哲理的深奥，而是因为日语构造的不完备所导致，以至于难以卒读。然而，自古以来东洋并非没有学问或技术类的著述，不过是我们以《孟子》中"难言也"所言及的境地为贵，不喜欢直白地书写罢了。还有一点就是，我们天性不依仗语言的力量。师徒制的时代，通过口传身授或师父的人格熏陶而自然领会，这也没什么不好。如此看来，我国的文章确实不适合写成科学性著作，但有必要弥补这个缺陷。我们今天的科学家是如何克服这些不便的呢？大概其在读写时都是用原文中的词汇拼凑的吧。他们在授课时说的日语掺杂着非常多的原文词汇；在论文写作的时候，既使用日语也同时使用外语，并以外语为标准。这就导致只有具备专业知识和外语素养的人才能读懂其日语论文，外行则不知所云。我常暗自揣测，在《中央公论》《改造》这样的一流杂志上登载的经济学者的文章，能够读懂者又有几人呢。当然，他们期待自己文章的读者群体应该具有一定的外语素养，虽然体裁为日本文章，但实则为外文的变体。也正是因其为变体的缘故，其难懂程度甚于本宗，真乃拙劣文章的"典范"。说到底，译文本身就是为不懂外语的读者服务的，但我国的译文对于没有外语底子的人而言很难读懂。不可思议的是很多人却视若无睹，认为这种变体文就足够用了，真是滑稽至极。

那么，这种缺陷该如何弥补？这个问题源于我们对事物的思考方式以及代代相传的习惯、传统、气质等，不仅仅是文章本身。就目前的情况而言，不适合用本国语言阐述的学问，都是借来的学问罢了，算不上本国的东西。也就是说，我们或早或晚都需要创造出适应国民性与历史的文化模式。时至今日，我们已经将西方的所有思想、技术、学问等全盘消化吸收了，虽然受到诸多不利条件的制约，但我们仍努力在某些领域超越了发达国家，发挥了引领的功用。时代赋予我们充当文化先锋、发挥独创力的机遇。今天的我们不应再一味模仿西方，应将吸收的彼国精华与东洋精神融为一体，开辟出一条新的道路。当然，这不属于本书所要论及的内容，故不深入展开。**本书所探讨的不是专门的学术类文章，而是我们平日所及的一般性、实用性文章**。在科学教育方针的流弊影响下，连日常的实用性文章都纷纷使用专业术语，效仿学术性的说法，追求描写上不必要的细致，偏离了实用的目的。这是我们首先应该摒除的弊习。私以为不仅是实用性的文章，就连学术性的文章，比如法律和哲学的著作，越是描写细致入微越容易产生疑义。如果不是以训练逻辑为目的的话，传统的诸子百家或佛家语录的形式则更易于我们理解并真正掌握。总之，面对词汇量匮乏且构造不完备的国语，一方面需要知道我们具有弥补缺陷的长处，另一方面也需将之灵活运用。

第二章
如何写一手好文章

不拘泥于语法

关于如何写一手好文章这个问题前文已经讲了颇多，此处就不再一一赘述了，仅就几点简单说一下，提请各位注意。

我最想说的是：

语法上正确的，未必就是名句。所以，**无需拘泥于语法**。

整体而言，**日语并没有像西方语言那么难的语法**。虽然有テ、ニ、ヲ、ハ这样的格助词，数量词、动词、助动词的活用，以及假名的使用等日语独有的规则，以至于如果不是国语专业学者，恐怕没有人能写出毫无语法纰漏的日语，然而即便有错误也无碍于交流。下面这个句子就令我觉得很奇怪。坐电车时，列车员常常走来走去地询问："有没有哪位没检票？"如果对这位列车员的话进行语法上的剖析，会有很多疑点，但是这句话的意思谁都听得懂。

如果将这句改成语法上滴水不漏的说法，将会相当的冗长、拗口。这样的例子举不胜举，**日语并不是没有时态，但没有人正确地使用**。其实，完全没必要过于拘泥于此。比如，「した」表示过去，「する」表示现在，「しよう」表示未来，因说话的场景而异。要叙述一个连续的动作，可以同时使用「した」、「する」和「しよう」，也可以一前一后地使用，几乎没有使用规则。尽管如此实际上却没有任何不便，现在的事情还是过去的事情当场就可以分辨出来。**日语的句子不一定需要主语**。在说"好热啊""好冷啊""还好吗？"时，谁也不会去一一说明句子的主语是"今天的天气"或"您"。就连"好热""好冷""好寂寞"都可以独立构成一个完整的句子。换言之，日语没有英语语法中所谓句式结构的东西。任何短句，甚至于一个单词，都可以成为一个独立的句子，我们无需特意去思考句子的问题。这样说也许有些偏颇，所谓日语的语法，除了动词、助动词的活用，假名的用法，系结关系[1]等规则以外，剩下的大多是对西方语言的效仿。这些语法要么学了也没有实际作用，要么不学也能自然了解。

然而，正因为**日语没有标准的语法，因此学起来也就**

---

[1] 存在于古代日语中，在现代日语中不复存在的语言现象。所谓"系结法则"（係り結び），是指在句子前面出现某些系助词时，句末要使用终止形以外的活用形结句。

格外困难。一般而言，对外国人来说，没有比日语更难学的语言了。在欧洲的语言中，据说英语最难学，而德语最简单。原因就在于，德语规则划分得十分细致，所以最初只要熟记这些规则，然后根据场合一一对号入座即可。但是，英语的规则没有德语那么严密，也有不合规则的例外现象，如单词的读法。德语的拼读规则十分严谨，只要按照规则来读，即便不认识的词也能读得出来。而英语，仅字母 a 就有多种发音。更不用说日语，同一个单词的读法在不同的日本人口中都不尽相同。至于通用的规则，也是有的，但又有很多无法向外国人解释清楚的情况。据说，最令西方人头痛的是表示主格的格助词中的"ハ"和"ガ"的区别。确实如此。"花谢了"这句话，是"花は散る"还是"花が散る"？二者用法截然不同，我们日本人会根据场合毫不犹豫地说出正确的一个，但要让我们进行抽象的规则解释，恐怕就办不到了。语法学者虽然可以给出这样那样的解释并自圆其说，但这样的解释毫无实际用处。日语中"でございます""であります""です"这三者都是"是"的意思，其中的区别相当微妙，用理论是无法解释清楚的。可见，要想掌握日语，只有身处该语言环境并反复操练，除此之外别无他法。

不过，现在的任何一所中学都开设了日语语法这门课，想必大家也都学过。有人问，这有学的必要吗？我们日本人又不是外国人，从呱呱坠地时起就与国语形影不离了，因此在口语表达上并没有什么困难，然而一旦落在笔头上，比如写文章时，却和外国人一样苦于无规可循。尤其现在的学生，就算是年幼的小学生都被施以科学式教育，像从前寺子屋那样非科学的，不讲道理而只让学生背诵和朗读的教法，已经无法令大家信服。因为从一开始就已经向学生灌输了演绎、归纳的内容，之后如不用这种方式教的话，他们就掌握不了知识。不仅学生，连老师也无法采用昔日那种随性的教法，为了方便只好设立一些充当基准的法则，按部就班地教。可以说，今天学校教的所谓国语语法，出于便宜行事，把非科学的日语结构粉饰为科学的、西式的结构，并制定出一套"非此不可"的法则。比如，教学生说没有主语的句子是错误的，因为这样的规定既容易教，也容易记，而实际生活中谁也不会遵照这个规则说话。此外，现在的人写文章时频繁地使用"他""我""他们""她们"等人称代词，但其必要性与欧洲语言无法等同。欧洲语言在该用的时候一定要用，不可随意省略，但是在日语文章中，即便是同一个人写的同一篇文章内，都有时而使用时而省略的情况，这是不合理的。之所以这样，是因为就结构而言，此部分本来就是画蛇添足，就算一时兴起用了一下，也不会一直用下去的。例如下面这段文章：

服部闻到自己身上散发的恶臭,觉得自己和马呀、猪呀什么的并无二致。他觉得浑身恶臭的自己已不再是一个高尚的人,更像是关在动物园里的老虎、熊的同类。只有当他在乎那股臭味时,大概还能算个人吧。贫穷使他堕落,渐渐地他忘了自己还曾经是个人,逐渐与野兽为伍。近来一个月最多洗一两次澡,这样不爱惜身体的结果就是心脏变得不舒服,甚至于无法泡澡了。虽说如此,他还是惧怕死亡,在澡堂里头晕目眩、心悸发作时,会不顾一切地狼狈地大喊"救命!",并紧紧抱住身边的人,哪怕是素不相识的人也好。也许做个野兽也比死掉好!所以服部为了挣脱对死亡的恐怖,不得不忍受这些肮脏。现在他对周围东西所附着的恶臭已经毫无知觉。不仅如此,他如同心怀叵测之徒般,竟然沉湎于恶浊之底,这成为他的一个不为人知的癖好。(中略)于是,他现在一面拿着南[1]给的雪茄,一面不可思议地打量着手掌,大概有着与此类似的心境。一会儿把雪茄换到左手,饶有兴致地搓着满是污垢、油腻腻的右手食指和大拇指。然后,又把这两根手指放到鼻尖,凝视着手指肚上因脂汗而闪着

---

[1] 此处的"南"为书中人物南贞助。

光泽的指纹——一如既往地睁着惺忪的睡眼，忽地像是从指纹的光泽间想到了什么，抬头向南看去。

上文节选自我写于十多年前的一篇文章《鲛人》，引用于此，是为了体现代词的使用之混乱。彼时的我，就像现在众多年轻人一样，以写得一手西方腔调的文章为理想追求。此文中，使用了大量的"他""使他""他的"（彼は、彼を、彼の）之类的代词，但这些词并不是非用不可。"只有当他在乎那股臭味时，大概还能算个人吧。贫穷使他堕落，渐渐地他忘了自己还曾经是个人"这句中，多次使用了"他"一词，而从"一会儿把雪茄换到左手"到"抬头向南看去"这部分，又一个都没有用到"他"。若是英语的话，从"一会儿"之后，应该用上两三个第三人称代词。但日语则不同，即便是作者极力效仿英文，也无法大量使用代词，这是日语特点所决定的。就算文章开头的人称代词都是正确无误的，但不知不觉间还是会因母语固有性质的影响而无法继续效仿下去。

作为比较，请诸君试读如下古典文章。

　　过了逢坂关口，只见一路万山红遍，层林尽染。鸣海岸边水鸟嬉戏，富士山峰云烟缭绕，浮岛湿原、清见关以及大矶小矶沿岸风光美不胜收，紫草盛开的武藏原野,静谧恬淡的盐釜晨曦,象潟的渔家茅舍,佐野渡口的舟桥,木曾峡谷上的栈桥,无不令人心驰神往。欲见西国歌枕之地,遂于仁安三年秋,途经芦花飘零的难波,冒着须磨明石的刺骨海风,越海来到赞岐真尾坂的密林,搭起一间茅庵,暂住下来。并非因为旅途疲累而歇足,而是打算在此静思修行。

听闻距茅庵不远的白峰乃上皇的陵寝所在,自当参拜。遂于十月初的一天登山前往。只见松柏郁郁葱葱,虽风和日丽,山中仍细雨霏霏。儿岳峰高耸入云,千仞深谷间云雾升腾,咫尺之遥却难以分辨。森林稀疏处,有一隆起的土墩,上面叠放着三块石头。周围荆棘丛生、一片凄凉。想到这就是御陵,不禁黯然伤神,一时不知是梦是幻。遥想当年觐见之际,上皇于紫宸清凉殿掌理朝政,百官怀德畏威,齐颂圣贤明君。让位于近卫院后,仍居于藐姑射山之琼林深处。未曾想如今却葬身于麋鹿出没的深山荆棘下,更无祭扫之人。纵使万乘之君,也难脱宿世之业。叹人世之虚缈无常,不由潸然泪下。在御陵前的一块石头上盘腿而坐,彻夜诵经供奉,并吟和歌述怀。

这是德川时代的国文学者上田秋成的短篇小说集《雨月物语》中的第一篇《白峰》的开头部分。故事主人公是西行法师，上文中的十句有五句以其为主语，但没有出现"西行""他"这样代指主语的词语。从"仁安三年秋""让位于近卫院"这样的描绘中，熟悉历史的人自然会推测出相应的年代，知道"上皇"是谁。虽然是对过往的描述，"暂住""登山""难以分辨""吟和歌述怀"这些词均用了现在时，耐人寻味的是，"暂住"之后的"静思修行"这个词，却使用了过去式。这不是英语中过去现在时（Historical Present）的用法，不过是忽略"时态"罢了。私以为秋成的这篇文章称得上是古典名作之一，其原因暂且按下不表。只希望各位谨记，这样并不明确交代时间关系和主人公的文章，才是充分发挥了我们国语特长的范文。

虽说如此，我并非全然否定语法的必要性。**对初学者而言，按照西洋语言的语法规则构建日语可能方便记忆，但不过是不得已的权宜之计罢了。如果写的文章还算差强人意的话，就无需过于拘泥于语法，而应尽量省略为了语法正确而使用的繁琐表达，还原日语本来的简洁特色，这才是写得一手好文的秘诀。**

如何提升感受力

要想写得一手好文章，首先得知道何为好文，何为劣文。然文章之优劣可谓"难言也"，这是理论难以言清的。**除读者凭借自身感觉辨别外，别无他法。**如果一定要给好文下个定义的话，我认为应是：

能够留在读者记忆深处、让人越读越有味道的文章。

其实这也算不上是答案。对于缺乏感知力的人而言，"留在读者记忆深处""让人越读越有味道"是办不到的，也无从体会到好文章的魅力。

我虽然提倡国语应回归其原本朴素的形式，但一味省略并非就是好事情。不应拘泥于语法，并不意味着可以故意说些不合规则的说法，无视"格"的用法和时态。对于特定的场合和题材而言，细致的描写和西式的表达也是必要的。"必须这样"或"不可以这样"之类一言以蔽之的说法是很危险的。换言之，"好文章必须具备如下条件"

之类的标准是不存在的,所以好文章既可以语法规范,也可以不拘泥于此,其风格既可以质朴,也可以华丽;既可以流畅通达也可以佶屈聱牙。正因为日语的特质,我们可以创造出独树一帜的文体,但倘若失手则笔下的文章难逃支离破碎的命运,更何况好文和劣文不过是隔着薄薄的一层纸而已。比如有人想效仿西鹤[1]和近松[2]的风格写文章,但无法活学活用的话恐怕只能落得东施效颦的下场。试以下文为例:

> 长叹浮世之无常,更迭乃恒常。旧岁已除,初霞之晨悠闲恬静,四邻树梢新芽萌发,可谓春和景明,生机盎然。乃欲暂去此地以窥世情百态,此亦为修行。遂惜别陋室,信步而行。正值樱花绚烂之季,男女老幼携盛馔席地而坐。见此胜景,若只赏不吟,则难免愧汗。遂以诗言志,借歌咏怀。扬弓以助兴,博弈以竞才。歌声悦耳,凤吟鸾吹,不足喻其美。少顷松林深处隐现一身姿绰约、眉目英气女子,携油布包,穿过如雨藤花、嵯峨清岩之间,至青苔之席落座。以竹筒斟酒,献酬交错,共赏花景。俄而打开包袱,取小

---

[1] 西鹤即井原西鹤(1642—1693),日本江户时代著名小说家、俳谐诗人。
[2] 近松即近松门左卫门(1652—1724),日本江户时代歌舞伎剧作家、净琉璃唱词作家。

白细杵，以双手磨米。后汲水，欲生火，遂拾周边落叶，炊饭嬉而食之。

（节选自西鹤著《艳隐者》第三卷《都之夫妇》）

这篇文章写得极富风韵，其风格可谓匠心独运。其词语的省略、文字的运用等方面更加不囿于语法，其程度甚于秋成。其实西鹤的个人特色极其鲜明，只要读上五六行文字，就可以轻易辨别是否出自其笔下。其实，正因为作者是西鹤，所以才能称得上是好文章。若有一步之差，则极可能变成一篇劣文。这种"一步之差"莫可名状，只能请诸君自行感知。下面的文章则是森鸥外《即兴诗人》的一节，其风格与西鹤截然不同，直白而克制，提供了好文的另一种范例。

忽然，我面前出现了一个老妇人，腰板笔直，穿着弗拉斯卡蒂一带农家妇女喜欢穿的衣服。白色的面纱从头垂到肩膀，映衬得面色更为黝黑。脸上皱纹密布宛如丝网，黑瞳填满了整个眼眶。她起初微笑着看着我，蓦地正色打量起来，仿佛是具倚靠在旁边树木上的木乃伊。迟疑片刻后，她终于开口说："花拿在你的手里更加美丽。你的眼睛里闪耀着幸福的星星啊！"

我惊奇地用正编的花环掩住了嘴巴，注视着她。老妇人又开口说道："月桂叶虽美却毒，用来扎花环可以，切莫贴到嘴唇。"

"啊，是弗拉斯卡蒂的聪明的福尔维娅呀！"安吉丽卡一边说着，一边从围篱后走了出来，"你也在做明天庆典用的花环吗？否则你为何来到大平原上，扎不寻常的花束呢？"福尔维娅不予理睬，仍然目不转睛地注视着我说："聪明的眼睛，诞生于太阳穿过金牛宫时，牛的角上挂着荣誉和财产。"这时我的母亲也走过来说："我的孩子穿上缁衣、戴上宽帽后，才知他应该火供侍神还是走荆棘之路，这都是命运的安排。"老妇人听后，知道了我母亲想让我成为僧人的意愿。对此，我仍记忆犹新。

如果说西鹤的文章属于朦胧派的话，那么鸥外的文章就属明晰派了。每一处都交代得清清楚楚，没有丝毫模糊；文字和语法也无可挑剔。但在邯郸学步者的笔下难免会变得干瘪无味。有个性的文章，其特色和技巧容易为人所识；然平易的文章，貌似平淡无奇，实则难以模仿，初学者很难体会其深味。德川时代贝原益轩的《养生训》和新井白石的《折柴记》之类的文章，就属于平易派。其内容是作者的思考、学识、精神的结晶，虽然已经入选教材，但如果读者无法产生共情的话自然无法领会其风格的独到之处。

总之，**文章的味道与艺之味、食之味相通**，其品鉴与学问或理论没有什么关系。比如评价舞台上演员演技的巧拙，这并非学者的专利，归根结底还是看是否有一颗敏锐的戏剧艺术之心，纵使研究了成百上千的美学或戏剧理论，都不如"感觉"来得重要。再如，要是欲品鲷鱼之美就必须对鲷鱼这个鱼种进行科学性分析，那岂不是贻笑大方。事实上，像味觉这样的事情，是不分贤愚、老幼、学者或非学者的。文章亦如此，大多都依仗感觉。然而**感觉这种东西，有生性敏锐者，也有天生鲁钝者**，味觉和听觉尤其如此。即使未曾受教于他人，音乐天才只要听到一个音就能知晓其音色、分辨其音程。另外，味觉敏感之人，尝过加工后完全看不出原材料的食物，也能说出食材的构成。再者，就像有人对气味敏感，有人对色彩敏感一样，也有人与生俱来就对文章敏感。虽然他并不知晓语法、修辞学等，也能自然地体会到文章的妙处。再如，有的学生学科成绩和理解能力并不优异，然而对和歌和俳句却拥有远胜老师的洞察力。有的学生在学习文字和背诵文章时，也显现出非同凡响的记忆力。这样的学生，与生俱来就具有敏锐的文章感受力。虽说如此，这也并不意味着后天怎样弥补都无济于事。感性匮乏者中，经过重重锤炼仍毫无起色的人毕竟是少数，**大多数人可以凭借用心和修**

炼，将天生的鲁钝化为敏锐，且愈炼愈精。

那么，如何才能令感受变得敏锐？首先：

尽量多读且反复读。

其次：

试着自己写。

其实第一条并非仅限于文章，**所有感觉都是在反复锤炼中逐渐敏锐起来的。**如演奏三味线时，需要对三根弦进行调弦，使其第一弦、第二弦、第三弦的音调和谐。对于天生听觉敏锐的人而言，这是无师自通的事，但是对初学者而言就很难办到了，因为他们无法辨别音准不准。所以在开始学习的阶段都是由师傅进行正音。渐渐熟悉三味线的弦音后，才会辨别音调高低以及是否和谐。一年后，自己也可以进行调音了。这是因为每天都反复听同一根弦的音色，音准自然就变得敏锐起来，这就是所谓的耳朵灵光了。所以师傅在学生自然而然地领会之前，总是默默地帮弟子调好音，不多谈什么理论。因为他们知道多说无益，反而有害。过去常说，要是长大成人后再练日本舞蹈和三味线就晚了，十岁之前，四五岁就是最佳的启蒙年龄，我认为此言极是。因为成年人不似孩子般纯一，凡事都讲理论而不肯踏踏实实地练习，只想靠理论而快速掌握，往往事与愿违。

可见，**要想提升对文章的感受力，采用旧时寺子屋式**

教授法最合适不过了。老师不多解释，只是让弟子反复朗诵或背诵，貌似迂缓，实则卓有成效。诚然，时至今日，这种做法施行起来比较困难，但至少希望诸位能够尽量多读、反复读一些古典名篇。虽然多读书是好事，但也不能贪多而不加选择，应该反复读直至可将其背诵出为止。即便偶尔有些不明白的地方，也不必太在意，继续读下去就好。读着读着你会发现自己的感受力变得细腻了，窥见佳作的妙处了，之前疑惑的地方也如黎明破晓般豁然开朗了。可以说，此时的你在感觉的引领下，已经感悟到了文章的精妙之处。

但是，若想提升感受的敏锐性，读他人之作的同时，尚须自己勤动笔，这是最有效的做法。尤其是欲以文立世者，多读的同时一定要多写。但是，我想强调的不是这点。私以为就算是作为一名鉴赏者，为了提升自己的鉴赏力也需要亲力亲为进行创作。以上文的三味线为例，没摸过三味线的人，很难评判他人弹得好不好。反复地听确实能听出些门道，但要达到顾曲周郎的程度还是颇需要些年头，进步十分迟缓。然而倘若自己练个半年一载，对声音则会敏感得多，鉴赏力亦得到了提升。日本舞蹈也如此，让完全不会舞蹈的人辨别舞艺高下是很困难的。如果自己学过的话，自然能够慧眼识巧拙。做饭也是这个道理，自己去采买食材、亲自下厨掌勺的话无疑比那些只会品尝的人味觉敏感得多。另外，我从日本历史画大师安田靫彦那里也听过这样的事情，大师说，一到每年展览会的季节，那些世间的美术评论家们就会对展出的画作一一点评，并将评论发表在报纸杂志上。据大师多年的经验，这些评论在画家的眼中根本没有切中肯綮，无论褒贬都不在要点上，无法令画家心悦诚服或有所启发。反而画家同行因为深知此道，往往会切中外行看不见的弱点并不遗寸长，其评价颇值得倾听。剧评家也是如此，演技的好坏只有老戏骨才通达谙练。我在自己的剧作上演之际常和一流的歌舞伎者交流，他们大多未受过高等教育，也没学过什么近代美学理论，却能领会批评家的理论，对脚本理解之透彻令我佩服万分。他们也许并不适合记忆体系化的学问，但经过多年锤炼而具有的感受性可令其嗅到戏剧的精髓。而那些刚从学校毕业的年轻剧评家，缺少这方面的修炼从而难辨演技的巧拙，所以也不懂戏剧。要想理解戏剧，需要从理解舞台上演员的一举手一投足，台词表演的巧拙开始。倘若抛却这些感觉性要素，戏剧自身将不复存在。所以大城市的妇孺和市井中人因从小对戏剧耳濡目染，熟悉名角们的演技，感受得以熏陶，往往可以提出令行家颔首的中肯评论。

说到这里，难免有人会心生疑虑。所有的感觉都是主观的产物，甲的感觉和乙的感觉很难一致。萝卜白菜各有所好，往往甲喜清淡之味，而乙以醇厚为美。即便二者味蕾都同样发达、不相上下，甲认为的珍馐，乙也可能不置可否，甚至有时还会觉得难以下咽。就算甲和乙都认为好吃，也无从证明甲所感知的好吃和乙所感知的好吃是否就是一回事。因此有人难免会产生这样的疑虑：文章的品鉴，如果脱离了个人主观因素，还会有好文和劣文之分吗？

这的确是一个好问题，对此我举下面这个例子来回答。我有个朋友在大藏省工作，据他所言，每年大藏省都会举办品酒会，按照味道优劣来评出等级。评选方法是请多位专业品酒师一一品尝，在此基础上进行投票。因为酒品多达几十甚至上百种，意见不一也属正常。然而事实上并非如此，对品质最为上等的醇酒，各位品酒师的味觉和嗅觉往往完全一致。投票结果揭晓时，评委甲给出最高分的酒，评委乙、丙都如此，绝非像外行人那样意见不一。这说明了什么？感觉未经锤炼的人才会对到底是"好吃"还是"难吃"意见不一，而经受过锤炼的人往往感知是一致的。**换言之，感觉这种东西，在经过一定的磨炼后，可以达到每个人都对同一对象产生同种感觉的境地。**可见对感受力的**磨炼**是极为必要的。

但是，**文章并不像酒和料理的内容那般单纯，喜好多少有些因人而异，专家也可能有所偏倚**。例如森鸥外这样的大文豪兼学者，不知为何并不欣赏《源氏物语》。其证据就在他写给与谢野夫妇[1]的口译《源氏物语》序言中委婉提及"每读《源氏物语》，总觉得几分艰涩与滞重，至少那文章不是那么朗朗上口。果真称得上是名作吗"。对《源氏物语》这种被视为日本文学圣典的作品，敢于吐露如此冒渎之言的只有森鸥外一人吗？非也。《源氏物语》这部作品的评价，自古以来毁誉参半、众说纷纭，甚至不乏"内容和文章均不值一看，文章支离破碎，看了昏昏欲睡"等露骨恶评。当然，做出如此评价的多为嗜汉文甚于和文者，抑或喜简洁文体胜于流利文体者。而与之比肩的《枕草子》则大体上评价一致，并无恶评。

的确，在我国古典文学中，《源氏物语》可谓最具代表性的作品。其将国语的长处囊括无遗，但也不乏瑕疵。对那些偏好简洁有力、抑扬顿挫式汉文调的人而言，大概会认为《源氏物语》的文章拖沓冗长、不知所云、暧昧不明，难免有怅然若失之感。窃以为：**好酒者中，喜淡泊者有之，嗜醇厚者亦有之。文章道法同然，喜和文调者有之，嗜汉文调亦有之。**这就是对《源氏物语》评价不一的根源所在。这种区别也折射于今天的口语体文学中，虽说都是言文一致的文章，如细细体味会发现分为温婉和文派

---

[1] 指与谢野铁干、与谢野晶子夫妇。与谢野铁干（1873—1935），浪漫主义诗歌"明星派"的代表诗人，其妻与谢野晶子（1878—1942）用现代日语译有《源氏物语》等古典作品，出版《乱发》等二十几部诗集。

和铿锵汉文派。如泉镜花、上田敏、铃木三重吉、里见弴、久保田万太郎、宇野浩二等诸家为前者，夏目漱石、志贺直哉、菊池宽、直木三十五等诸家为后者。其实，和文调中也不乏《大镜》《神皇正统记》《折柴记》这样简洁雄浑的作品，因此可将这两类作品称为朦胧派与明晰派，或冗长派与简洁派，再或者华丽派与质朴派，女性派与男性派，情绪派与理性派等，诸如此类不一一而举。**最省事的说法则可称为源氏物语派与非源氏物语派**。这种分歧与其说是感觉上的，不如说是由本性所决定的。有志于文学艺术的人，往往都各有所偏好。比如我喝酒时喜醇厚，然文章好淡泊，是源氏物语派的拥趸。年轻时对汉文风格的写法也颇感兴趣，随着年事渐长，对自己的本性有了清晰的认识，变得好丹非素起来。

话虽如此，感受性的培养还是应该尽量广博、深厚并不失公正，切忌过于偏倚。通过多读多写，大概诸位就能自然而然地发现自己的喜好，到时再选择适合各自性情的文体，文章必有所精进，这才是上策。

第三章
文章的要素

文章的六大要素

我再三强调的是，学文章只有亲自去写才是最重要的，理论的用处并不大，对此一一而论的话，有些徒劳无益。但是束之高阁却也违背了本书的趣旨，故尝试从如下方面对上述内容做进一步的阐释。

首先，我将文章的要素分为如下六点：

(1) 用语 (2) 文调 (3) 文体 (4) 体裁 (5) 品格 (6) 含蓄

当然，这并不是严密的区分方法，并且这六个要素也无法完全分割开来。其每个要素都与另五个要素紧密相连，将其割裂开来进行独立论述是办不到的。所以，本文在对某个要素进行说明时，也会顺带提及其他的要素。

另外，这六大要素中的后四个要素——文体、体裁、品格、含蓄，是我国国语所独有的特色。

关于用语

一个句子是由一个或几个词汇组成的，词汇的选择至关重要，这点无需多言。我的心得可归纳为：

切忌标新立异。

若详细解释的话，还可分为如下几点：

一、选择通俗易懂的词汇；

二、尽量使用古已有之、为人熟知的词语；

三、如无合适古语则使用新词；

四、即使合适的古语和新词二者皆无，使用自己创造的新词仍需慎之又慎；

五、与其选择有典故的生僻成语，不如选择耳熟能详的外来语或俗语等。

本来，要表达一件事情时，有必要尽量知晓多种相同意思的词语，即**同义词**。其最好的方式就是多读书、多记词，将之储藏于记忆库以便随时提取。但是记忆力非凡的人毕竟是极少数，大多数人很难在该用的时候从无数个同义词中想到最合适的那一个。所以把同义词词典或者英日辞典之类的工具书放于身旁就十分方便了。但是字典的用途仅限于查找自己熟知但不能立刻想到的词语，那些字典上虽有，但自己不熟悉或僻涩的词语，除非万不得已，应尽量避免使用。另外，并不是翻字典就可以找到所有的词汇，俗语、隐语、方言、外来语、新词等字典上没有的词汇，有时反而是最恰当的，能给人以最生动的印象。

比如，大家想要表达"随便走走"一意时，写成"散步"一词就足以表达，但是倘若查一下"散步"的同义词，我们会有如下发现：

闲步（散策する）

漫步（漫步する）

信步（そぞろ歩きする）

策杖而行（杖を曳く）

安步（ぶらつく）

徜徉（プロムナードする）

大家可以根据不同的场合，从上述词汇中挑出最合适的词语。其实，"散步"只是一个例子，其同义词之间的差别微乎其微，似乎选择哪一个都不会有问题。不过，即便日语这样词汇量并不丰富的语言，说到"随便走走"一意都能立刻举出七个同义词，可见同义词的数量是超出我们的想象的。所以百里挑一选出最为恰当的词汇绝非易事。虽然也有像"非此词不可"这样非常明了、不需要犹豫的情况，但是通常都有两三个近义词语存在，令人难以抉择。此时，诸位如果思来想去仍未发现其中的差别的话，那么十有八九你对词汇或文章的感受比较迟钝。对此，我想到一位法国文豪说过："对于你所要表达的东西，只有一个词最恰当。""只有一个词最恰当"这句话值得大家细细品味。

在有多个近义词的场合，如果认为哪个都一样的话，就说明想法还不够缜密。如果潜心思考、仔细推敲的话，肯定会发现最恰如其分的那个。比方说"随便走走"这件小事，就有"散步""闲步""信步""安步"等表达，这些词语在意思上并非完全一致。有时"闲步"比"散步"合适，有时"信步"则更为贴切。如果对这些词汇的差异视而不见或感受钝迟的话，是做不出好文章的。

然而，在某个场合，是什么使得一个词比其他词更加贴切的呢？这是很难言明的。首先，这个词必须与自己的思想相得益彰。如果是**先产生思想再搜寻词语**的话，这是最为理想的，然而实际却往往与之背道而驰，也存在着**词语灵光一现后，需要整理思路以匹配该词语**的情况，即以词语之力引出思考。除了学者阐释理论这种情况外，我们大多数人对自己要表达的事情的本质，往往是比较茫然的。首先浮现在脑海中的多为优美的词句、灵动的语调等，将之组合后，不知不觉间一篇文章就从笔尖汩汩流出。换言之，**最初使用的某个词语，往往无形中决定了思想的走向以及文体、文章的基调**。比如说，最开始的词不是"信步"（そぞろ歩き）而是"漫步"（すずろありき）的话，文体就很可能在此影响下转向和文调。再如使用了"徜徉"一词，往往会给文章披上一层西化的时髦外衣。不仅如此，小说家在写小说时，其不经意间使用的一个词语有时会让整个作品的走向发生翻天覆地的变化。坦诚地说，很多作家在写作当初并没有清晰的计划，而是写着写着，其笔下的词汇、文字、语调等要素会自然而然地赋予作品性格、情节、景物等具体形态，最终使整个作品浑然一体。我听说，意大利的文豪加布里埃尔·邓南遮晚年时，常查字典浏览词汇，以捕捉作品的灵感。就我自身的经验而言，此言并非虚语。我在年轻时，曾写过《麒麟》这样一篇短作。其实，我在创作时首先闪现在脑海中的就是标题"麒麟"这个词而非内容本身，然后从这两个字展开了故事的想象并最终成文。可见，短短的一个词语中竟然蕴含了如此伟大的力量！古人认为语言是有灵魂的，将之称为**"言灵"**（ことだま）确实不无道理。换成现今的话就是**"语言的魅力"，语言中的每一个字都是一个生命体，人类在使用语言的同时，语言也在操纵着人类。**

如此看来，判断一个词到底适不适合，需要深思熟虑。也就是说，一味追问词语意思是否准确、与思想是否匹配是不够的。找到合适的语言匹配思想并使之浑然一体是明智之举，但受制于语言导致思想扭曲的情况仍时有发生，这是需要警惕的。说到底，语言的影响力并非局限于一处，而是波及文章整体。因此要时刻注意其与整体是否协调，并将用语、文调、文体、体裁、品格、含蓄这六大要素纳入思考范畴，方能确定词语的得当与否。在这点上运用巧妙的首推志贺直哉的短篇小说《万历赤绘》开头部分：

　　据说京都博物馆有一对上好的万历花瓶。

句中用了"上好"（結構）这个形容词，赞美花瓶可以用"美观的""华丽的""艺术的"，但哪一个都不如"上好"一词来得有厚度和广度。这个词恰如其分地再现了花瓶的美感，也暗示了全篇的内容及主旨，可谓是至关重要的一笔。从这种简单的词汇选择上足以窥见作者文笔的优劣。

自古以来，对文章的雕琢也好推敲也罢，多半是指对词汇选择的苦心孤诣。我已从事创作几十载，仍常常为字的取舍而左右为难，费心劳力的程度不亚于年轻时候。有别于年轻时的是，以前的我为语言所魅惑，心甘情愿地成为其俘虏，而现在的我更致力于自我的收敛，以便更自如地驾驭语言。毕竟年轻时浸淫西方文化多年，那时不喜欢暧昧的词语，而醉心于缜密、明晰、新鲜、感觉性的表达，挖空心思地搜罗一些吸引眼球的字词，后来才渐渐领悟到这种写法是多么的俗不可耐。如今的我已经一改往日的文风，尽可能地用内敛的表现，摒弃标新立异的词语。接下来我打算谈一下之前列举的五个词汇选择要点。

一、选择通俗易懂的词汇

这是用词的根本性原则。易懂的**词汇**当然也是由**文字**组成，这个原则的重要性尽人皆知，我之所以强调，是因为现在不管张三李四都摆出一副知识分子的口吻，放着通俗的话不用，偏偏挑些生僻晦涩的词语，这种陋习已经风靡多时。忆往昔，唐代大诗人白乐天每作一首诗，都要先读给目不识丁的翁妪，若对方有听不懂的词，就毫不犹豫地换成更为通俗的词语。这是我们儿时就耳熟能详的故事，然而现代人却将**白乐天的这种精神**忘得一干二净。一心想着如何炫耀个人的学识、头脑的灵活，要么就是创造些前所未有的新词，好像自己有多么伟大似的——这种盲目标新立异的习性需要根除。

二、尽量使用古已有之、为人熟知的词语

此处说的**古语**，是指明治以前流传至今的词语，明治以后随着西洋文化的席卷而产生的词汇称之为**新词**。古语也分为始于神代的词汇和德川时代造出的比较新的词汇等。其中，首选应为沿用至今的词语，因为这种词无论谁在什么场合使用都没问题，错误和误解的概率极低，最符合通俗易懂的原则。

现今教育已经普及，无论去什么穷乡僻壤，新词都行得通，不过所谓新词，很多都是从西方的语言翻译而来，因译者和时代不同，翻译的方法也不尽相同。例如明治初期，把哲学称为"理学"，而今天的"理学"多指物理学之类的学科。再如，从英语"civilization"一词翻译而来的"文明"有些过时，从德语"Kultur"翻译而来的"文化"比较流行，意思上虽然有些许差异，但大多情况下不用文明而说文化。英语的"idea"，可译为"观念""概念""理念""意念""心象""意象"等。还有以前说的"检查""调查""研究"等词，现在的说法是"讨论"；"先驱"或"前列"成了"尖端"；"锐利""敏锐"成了"尖锐"；"理解""谅解"被说成"认识"；"总决算"或"总计"变成"清算"。身为现代人，只要用现代

通行的词汇即可，但是我国的词汇演变速度极快。当一个新词传到乡间村落时，城市里使用的大概已经是第二、第三代新词了。我们无从得知这些词汇到底经历了怎样的演化过程。然而，文章不是只给现代人读的，也不是仅以城市知识分子为对象的。应尽可能地令我们的后人以及穷乡僻壤的翁媪都能够读得懂。那种说法多变且因人而异的措辞，应不予以采用。

另外，从古至今的词汇中，也分日语词和汉语词两大种类。因日语词汇中没有很难的汉字，我建议不妨多用之。关于汉语和汉字的问题，我们一并在下节中说明。

三、如无合适古语则使用新词

新词也有很多种类，有些是数十年来已经用惯的，几乎和古语一样深入人心，不会让人莫名地觉得面目可憎；也有些是近来萌现的、只有小部分大城市的人才会使用的、不知将来是否会普及的词语，这类词语是最要不得的。比如几年前，某报纸把当时美国的流行语"幄庇士"[1]引入日本，并想将其打造成流行语。出人意料的是，这个词并

1　即"woopie"。意为富有的退休人士。

未得到广泛流传。像这样寿命很短的新词不胜枚举，若一味追求新鲜感而盲目地使用，只会落得草率行事的印象。

然而，也有很多新词是发达的现代社会机制下的必然产物。古语中并没有近义词，所以除了使用新词外别无他法。说起来，"飞机"这个词的出现就是以相应古语的缺失为背景。除此之外，近代科学文明孕育出的像"组织""体系""有机的""意识形态"等熟语、技术用语、学术用语等，都没有恰当、贴切的古语可以替代。

不过，我在这里要提请大家注意的首要原则是：**只有找不到合适的古语时，才可使用新词**，不要忘记尽量使用古语的本意。在实际创作时，不用新词就足以表意的情况比预想的要多。例如，现在说的"组织"一词，也完全可以替换成"架构""构造"或"组合"等，非用"组织"不可的情况是很少的。再如"意识"一词，也可以用"了解""感知""发觉"来替代；"概念""观念"这些词用"看法"一词表达足矣。接下来，请试读如下三句话：

> 我意识到他在看我。
> 他有意识地反抗。
> 他没有所谓国家的观念。

这三句还可以分别说成：

我知道（或感到、发觉）他在看我。

　　他有意（或故意）反抗。

　　他（头脑中）没有国家这个想法。（或他没有考虑国家这个问题。）

　　这样替换的话更平易近人。当然，"知道""发觉"等词并不完全等同于"意识"；"想法"也不能直接作为"概念"和"观念"的同义词。这些新词的产生有其背后的原因，严格地说，这是因为没有合适的古语导致的。但问题是，在对逻辑性及事件表述的正确性没有特别要求的场合，有必要将每一个词的内容限定得如此细致、狭隘吗？诚然，若将"我意识到他在看我"换成"我知道他在看我"的话，表意略有模糊。但"知道"已包含了"意识"的词义，所以写成"知道"读者也能领会到"意识"的意思，并不会招致任何理解障碍。其实，我在前文已经赘述过，文章的诀要就在于"知晓语言和文字表达的界限并止步于此"。如果大家无止境地追求精准的表意和缜密的细节的话，恐怕最终没有任何词汇能够满足要求。与其纠结于此，不如使用些隐晦暧昧的词语，留给读者想象和理解的空间，反而更加明智。

　　现代人之所以想创造出大于所需的新词，是因为使用汉字这样宝贵的文字时犯了弄巧成拙的毛病。汉字与日语假名、ABC等表音文字不同，每一个汉字都代表一个意思，这给新词提供了极为便利的条件。例如留声机的英语是"phonograph"或"talking-machine"，日语中用汉字写作"蓄音机"确实是慧眼独具。虽然仅仅三字，却将留声机的性能表达得一清二楚，远胜英语。再如英语将"电影"称之为"moving picture"，其略称为"movie"，单凭这些字母，不明白的人还是不明白。但是我们称之为"活動写真"或"映画"，这两个词基本上反映了该事物的本质和用途。这都归功于汉字，如果不知道汉字的字义，仅从"チクオンキ"（蓄音机）、"カツドウシャシン"（活動写真）、"エイガ"（映画）这些单词对应的片假名而言，根本无从得知其含义，不过是一串无意义的声音连续体而已。明治以来我们引入西方的学问、思想、文化时，对各种技术用语、学术用语的翻译并不棘手，这皆归功于汉字所发挥的重要功用。但是由于过于依赖汉字的优势，忘记了**语言不过是一个符号**，所以才强行将复杂多义的内容塞进两三个汉字里。比如说留声机和电影，确实用汉字表示比用片假名外来语表示更能说清楚其性能。但没看过实物的人，如果不看图例或实物的话恐怕仍会一头雾水。可见，这些名词不过通用于知晓其意的人之间罢了，两三个汉字未必就能言尽其性能。现在我们将有声电影称之为"トーキー",就是美国人说的"talking picture"的略称。懂英语的人也许能猜出几分意思,但是对不懂英语的人而言就不知所云了。即便如此,这个词仍然传遍全国大街小巷,广为人知。除此之外,像"タキシー"(出租车)、"タイヤ"(轮胎)、"マッチ"(火柴)、"テーブル"(桌子)、"ダイヤモンド"(钻石)这些外来语,对日本人而言都是无意义的声音组合体。即便如此,用起来倒也没有任何不便。毕竟这些名词就和人名一样,只要达到通用的效果就足够了。既然都有通用词,还要以多种说法称呼同一个事物岂不是自寻烦恼。然而现代人忘记了这个简单的道理,反而为汉字所束缚。比如,对"观念"这个词不满意,就改成"概念",仍不满意再改成"理念",如此这般,新词就源源不断地生产了出来。学者们在发表个人研究成果时,为了彰显自己的学识,将众人熟知的习语弃之不用,挖空心思琢磨如何在表达上更独树一帜,进而竞相创造出各种新式汉字组合。

故而,大部分新词都是由两个或三四个汉字组成的日式汉语词汇,再加上传至今日的固有汉语词汇,现在我们所使用的汉字数量比想象中的还要多。依我所见,即便是在汉学盛于今天的德川时代,能吟汉诗、作汉文、说汉语的人仍是少数,大部分人都是说着一口通俗的日式表达。以前称呼官职也不用"内阁总理大臣""警视总监"这些难懂的说法,而是说成"老中""若年寄""目附"[1]等;嫌犯称为"お尋ね者"(在逃者)。我还记得儿时称呼巡警为"お巡り",汽船为"川蒸気",汽车叫"陸蒸気"。反观今人不仅在文章中,就连日常谈话中都夹杂着汉字。最滑稽的是我去看牙医的一次经历。一位年轻医生一边诊察一边说"ダコ"。起初我完全不知"ダコ"是什么意思,仔细一琢磨,终于明白"ダコ"是日文汉字"唾壶"的发音,原来是让我吐到痰盂里的意思。大概是专业的医师认为用"痰盂"这个通俗说法有失体面吧。还有一次,我于某乡间旅馆投宿,老板出来打招呼时,一直说"ヘイカン"(敝馆)如何如何,我听成了"ヘイカ"(寒舍),有些摸不着头脑。其实"敝馆"和"吾辈""鄙人"这些说法一样,都是谦称。耐人寻味的是,为何像东京、大阪等大城市的人往往使用更通俗的、富有人情味的说法,而村夫野老却多用生硬的汉语词呢?或许是不想在城市人面前暴露自己的乡音吧,但也未必尽然。比如在中国地区[2],"鸡"的说法不是"ニワトリ",而是"ケイ";土豆不叫"ジャガイモ",而是"バレイショ";数数儿的时候不说"一つ、二つ",而是"一個、二個"。这些说法,大概只

---

[1] 均为德川幕府设立的辅佐将军执政的重要官职。
[2] 是日本的一个区域概念,位于日本本州岛西部。由鸟取县、岛根县、冈山县、广岛县、山口县5个县组成。

有乡下人才这么用吧。

还有一事令我不解。当下正在开展限制汉字、大力推行罗马字的运动，无论执政者还是教育家都认为让儿童掌握汉字是一件既痛苦又浪费时间和精力的事情，并尽力减轻其负担。吊诡的是，"唾壶"式的新词却大行其道，这种逆时代潮流而行的现象令人倍感矛盾。其实，今天的日语已经或多或少陷入这种"唾壶"式的滑稽境地了。我希望不仅仅在新词的使用上，使用古语也应避免汉语式的表达，回归日语固有的简明形态。这就需要大家养成音读的习惯，尽量不借助汉字而凭耳朵听来理解。其实这个方法，在前文已经有所赘述。其实，汉字的确在熟语的打造上发挥了重要作用，但日式说法也能表达各种意思。木匠、泥匠、木质家具修理工匠、榫卯师、漆器工匠、装裱工**这些工匠的技术用语**，就很值得我们参考。比如木工常说的"ウチノリ"（内侧距离）、"ソトノリ"（外侧距离）、"トリアイ"（调和）、"ミコミ"（深长）、"ツラ"（表面）、"メジ"（接缝）、"アリ"（楔形接缝）等用语，还有木质家具修理工匠、榫卯师常用的"一本引キ"（单槽推拉）、"引キ違イ"（多槽推拉）、"開キ戸"（平开门）、"マイラ戸"（木拉门）、"地袋"（底柜）、"天袋"（吊柜）、"鏡板"（吊顶）、"猫脚"（猫脚形的弯曲桌椅腿）、"胡桃足"（核桃形器物腿）等用语都极为简洁，甚至于有些词对应什么汉字都不清楚，但使用起来没有任何不便，足以达意。这些用法更让我深感日语具有包罗万象、简洁便利的特点。倘若我们效仿这些工匠师傅的说话方式，把"社会"说成"世の中"，"征兆"说成"きざし"，"预感"说成"虫の知らせ"，"尖端"说成"切っ先"或"出ッ鼻"，"剩余价值"说成"差引"或"さや"，赋予这些词语以新生的话，就不必过于劳烦汉语了。

四、即使合适的古语和新词二者皆无，使用自己创造的新词仍需慎之又慎

此点其实无需赘述。

若诸君要解释以往没有的新思想和新事物，不要勉强生造词汇与之匹配，而应将几个固有词汇组合成句进行说明。

总之，需要耗费笔墨才能说清楚的事情，不宜缩减至二三字的汉语词。虽然没有芜杂之语是佳作的条件之一，但省略必要的语句不仅令文章词不达意，更会使其格调卑下。文章贵在简洁，然笔调挥洒自如也是上乘之道。近来由于追求节奏和速度，人心浮躁，都忘了"余裕"为何物。这种风潮也是奇异的新词流行起来的原因之一。当我

听到"待望"这个词时，脑中不禁浮现出那副单膝着地趴在饭桌上，狼吞虎咽的难堪形象。所谓"待望"，是将"期待"与"希望"合二为一而成。如果不这样心浮气躁，用"既期待又希望"抑或"一定会实现吧，也希望如此"之类的句子表达不是更好吗。

同样的道理，"逛银"（逛银座）、"逛心"（逛心斋桥）、"普选""高工""体协"这些**缩略语**的使用令文章的风雅荡然无存。当然，有些缩略语已经广为人知，如果使用其全称反而会显得拖沓。比如"鳗鱼饭"不应使用缩略语"ウナドン"，说全称"ウナギドンブリ"更易于接受；而"天妇罗盖浇饭"说全称"テンプラドンブリ"的话则令人捧腹。可见，使用缩略语时，应该依据不同对象和场合进行必要的调整。不过大多数情况下，还是说全称更为雅致，虽然有时听起来有些拘谨。这点将会在后面"关于品格"一章详细论述。至于最不适宜的，当属外来语的缩略语，比如"プロ"（professional，专业的）、"アジ"（agitation，煽动）、"デモ"（demonstration，示威游行）、"デマ"（demagogy，谣言）等，这些词不用说日本人不懂，就连外国人也不懂。本来这些词仅仅是无产者之间通用的符号，大众一味加以模仿，又创造出"モガ"（modern girl，摩登女郎）、"モボ"（modern boy，摩登公子）等词语，但这样怪奇的词语不应该成为一种流行。

五、与其选择有典故的生僻成语，
不如选择耳熟能详的外来语或俗语等

这点也是不言自明的道理。

无论日语这个语言体系如何出色，那些只能在《古事记》《万叶集》中觅得踪迹的字词还是不如通用的汉语词自然，这是毋庸置疑的。比如"しじま"这个词，用在韵文中十分得体，但一般情况下用"沈默"（沉默、静寂）则更为恰当。需要注意的是，阳春白雪未必不可，但是不应为了高雅而故意选择鲜有耳闻的词语。同样，确有必要的时候，通俗易懂的词语听起来也未必低俗，反而故作高雅才会让人觉得面目可憎。比如，"五万元"不写成"五万円"，偏要写成"珍品五"，好端端的"痰盂"非要说成"唾壶"，这听起来真的高雅吗？

与其使用晦涩生硬汉字拿腔作势，不如使用简洁易懂、明白如话的词语，这就是**平易近人**。我建议大家不妨学习下市井人家和工匠们的语言，并运用到文章中去。他们说的都是俗语，却不失智慧又干净利落，未必就粗鄙不文。不仅如此，大量使用难懂的熟语，往往不如一个俗语恰到好处，后者也更能一语中的。小说家里见弴、久保田万太郎等人对俗语的运用极其娴熟，并形成了自己的风格，堪称俗语高手，值得诸位好好研究。另外，落语[1]家、讲谈[2]师以及具有一技之长者的措辞，都值得借鉴。

至于外来语，当意思很明了时，没必要勉强用汉字代替，使用原文音译更好。不能因为"ムーヴィー"（movie）对应的汉字词是"映画"，也非要给"トーキー"（talkie）造一个汉字词，这样做毫无道理可言。有些翻译家将"butter"译成"牛酪"，"cheese"译成"乾酪"，"writing desk"译成"書物机"，但这些用法没有一个人会用吧。若将此方针推行开来，恐怕连"パン"（面包）、"ペン"（钢笔）、"インキ"（墨水）、"ランプ"（台灯）等，都不得不翻译成汉字了。而且，就如同前文说过的汉语滥用的弊害一样，外来语的引入不要弄一些不伦不类的翻译新词，莫不如直接使用原语，既简单明了，又顺应时势。

---

[1] 日本传统曲艺形式之一，大致相当于单口相声。落语家类似单口相声演员。
[2] 日本传统曲艺形式之一，相当于我国的评书。讲谈师类似说书人。

关于文调

文调指的是文章的音乐性要素。这种感觉性的问题,很难用语言解释清楚。我认为,**文学创作领域中最难教授的,也最倚赖人的天分的,就是文调。**

人们总是说文如其人。这里的"人",不仅指人格,也包括这个人的**性情**、身体状态。这些都会流露于字里行间,我称之为**文调**。那么**文章的文调就是作者精神的流动和血管的脉动**,与其性情有着密切关联。如同闻其声、观其色可知其身体状态一样,文调与作者的性情之间亦潜藏着与此相似的关系。无论是谁,他在写文章时都会无意识地流露出与个人性情相符的文调。生性热情的人,其文往往带有热情洋溢的文调,冷静的人则表现出冷静的文调。而呼吸系统衰弱的人,总是声若游丝;消化功能不良的人常常面如土色。另外,有的人喜欢流畅的文调,有人喜欢凝滞的文调,这恐怕都是其不同性情的结果。文调这个东西，无论后天如何培养都成效甚微。如果谁打算改变自己文章的文调，恐怕应该先从改变自己的心态、性情开始。不过这么说未免过于笼统，接下来我讲一下文调的大致分类及各个类别的代表性作家，谨供各位参考。

一、流利的文调

这种文调的代表是之前说过的源氏物语派的文章。其特点在于文字流畅自然，如行云流水般毫无滞涩感。写这种文调的人，不喜欢凸显各个字词的存在，而是着力于让字词间的衔接尽量自然、流畅。句子之间的过渡也尽力做到浑然一体，以至于一眼望去都不知该从何处断句。

然而，几个像这样衔接不明显的句子连在一起时，就会变成一个冗长的句子，因此这种做法需要相当的技巧。原因就在于，日语没有衔接两个句子时要用到的关系代名词，所以句子一般都比较短小。如果硬要连成一句，就需要大量的"て"和"が"，这样势必会破坏句子的流畅度。所以人们一直说"て"用多了文章会变得拙劣，还是有其道理的。要说如何才能让句子之间的过渡浑然一体，之前引用的《源氏物语》（须磨卷）就是一个范例。在该文中，从"须磨"到"并不愿意住在嘈杂的地方"是一句话。但也有人认为,这句话的结尾应该是到"踌躇不定"。原因在于,从"须磨"以后都是源氏心中的感慨,从形式上而言,这句话到"并不愿意"这里算告一段落,但思绪还是绵绵不绝的。从"踌躇不定"到"悲上心来"这句看似独立,实则情绪仍与上文一脉相承。如此可见,这段话既可以视为由三个句子组成,也可以视作一个整句。当然这不仅是心境和情绪的问题,也因为这段话中没有使用明显的接续词,连一处"て"的连接都没有。

我在尽量不破坏原文流利文调的前提下,把这段话译成了如下现代文:

> 须磨那里以前还有些人家,现在已经杳无人烟,茅封草长。听说就连渔家都寥寥无几,不过车马喧嚣的地方倒也是很无趣的。虽说如此,远离都城也不免有几分怅然、惭愧和迷茫。想到来日种种,悲满心头。

> あの須磨と云う所は、昔は人のすみかなどもあったけれども、今は人里を離れた、物凄い土地になっていて、海人の家さえ稀であるとは聞くものの、人家のたてこんだ、取り散らした住まいも面白くない。そうかと云って都を遠く離れるのも、心細いような気がするなどときまりが悪いほどいろいろにお迷いになる。

何かにつけて、来し方行く末のことどもをお案じになると、悲しいことばかりである。

在上文中，我保留了原文中句子衔接流畅的特质。可见，以口语体写长句子也未尝不可。

不过现代人是不会像我这样写的，他们大概会写成如下的样子：

　　须磨那里以前还有些人家，现在已经杳无人烟，茅封草长。听说就连渔家都寥寥无几，不过车马喧嚣的地方倒也是很无趣了。但是，源氏对于远离都城不免有几分怅然，并因此深深感到了惭愧和迷茫。他一想到来日种种，悲伤就填满了心头。

　　あの須磨と云う所は、昔は人のすみかなどもあったけれども、今は人里を離れた、物凄い土地になっていて、海人の家さえ稀であると云う話であるが、人家のたてこんだ、取り散らした住まいも面白くなかった。しかし源氏の君は、都を遠く離れるのも心細いような気がするので、きまりが悪いほどいろいろに迷った。彼は何かにつけて、来し方行く末のことを思うと、悲しいことばかりであった。

这种写法令句子间的间断一目了然。

我并不是说这种写法就是拙劣的，但这就是今天流行短句的结果。其实像上一段那样没有关系代名词，写出的长句也不会产生误解，这一点希望大家不要忘记。

将上文这两段《源氏物语》的译文进行对比，可以发现有三点不同：

1. 敬语的省略。

2. 句末使用代表过去式的助词"了"（"た"）。

3. 第二、三句加入主格。

关于第一点敬语的问题，我将在后文论述。这里我想谈谈第二点和第三点是如何对文调产生影响的。

首先是第二点。日语和汉语以及欧洲语系不同，句子基本以形容词、动词或助动词结尾，偶有名词。其中，助动词结尾的情况居多，导致句尾的发音缺乏变化。以前，有位学者喜欢结尾写"たりき"，故得名"たりき老师"。笑话归笑话，文章体的变形还是很多的，但口语体就缺少这样的变化，大部分以现在时"る"、过去时"た"、判断体"だ"结句。虽然也有"あろう""しよう"这样以"う"结尾的推量式，以及像"行く""休む""消す"这样以现在终止形结尾的动词，还有像"多い""少ない""良い""悪い"这样以"い"结尾的形容词，但现在的趋势是在动词和形容词的后面加上"のである""のであった""のだ",变成"行くのである""休むのである""多いのだ""少ないのだ""良いのである""悪いのであった"。说到底还是万变不离其宗,仍以现在时"る"或过去时"た"结尾。这样一段话中同一个音经常反复出现,似乎是对每句话结束的一个宣告。其中,尤以"のである"和"た"令人过耳难忘。原因在于"のである"本身就是一个加重结束语气的词语,而"た"的发音韵感较强、清晰分明。如果想要达到句子间衔接浑然一体,应少用这些没有实际意义的"のである""のであった"之类的词。另外,用动词结句时应尽量用现在时,避免用过去时"た"。私以为,"のである"的发音比较顺畅无碍,而以"た"结尾则破坏了句子的整体感。

关于主格的问题,我已经在前文有所提及。本来日语中无用的主格应该省略,日语中也没有像英语语法中那样的主格成分。而且省略主格是令句子浑然一体最为有效的方法,诸位如果对比上面的两段译文,对此想必深有体会吧。我们再翻回去看看前文提及的《雨月物语》的开头部分,从"过了逢坂关口"到"暂住下来"这是一个长句,但没有主格。接下来的"并非因为旅途疲累而歇足,而是打算在此静思修行"这句,也是一整句。如果从英语语法的角度考虑,这不过是句子的一个片段,还称不上是一个完整的句子。因为在本句中,"他暂住下来"这个作为主格的长句被省略了。然而,倘若把这部分放进去,全句的流畅感又将荡然无存。原句"来到赞岐真尾坂的密林,搭起一间茅庵,暂住下来"之后接的就是"并非因为旅途疲累而歇足",这种写法读起来十分自然流畅,根本无需在下一句的开头加上"他暂住下来",如果硬要塞进去的话,不过是出于语法上的考虑罢了。所以,我说的"不要拘泥于语法"指的就是这样的情况。无论是上述的《源氏物语》还是《雨月物语》,**其句子都是没有间断而浑然一体的**。如果按照西方语法的思考方式,将这段文字分成几个句子的话,每句话都必须补充相应的主格。而日文则无须如此,"源氏"和"西行法师"分别是这两段文章**事实上的主人公**,除此之外没有其他主格的成分。

以上从技巧的方面大致谈了下何为流利的文调。老实说,我的这些说明恐怕没有太大的实际帮助。原因我之前也提过了:文章的文调还是由作者天性决定的,技巧能发挥的作用实在是眇乎小哉。即便诸君将这些技巧悉数收入囊中,但若与自己的天性相违,也无法写出行云流水般的文章。就算文章字面貌似流畅,也不过是些雕虫小技的模仿罢了,实则还是空洞无味,无法真正灵动鲜活起来。反之,一个人如果遵循自己的天性,他要写的文章的节奏从一开始就会涌现在自己的脑海中,技巧已经无足轻重了。

就算遣词造句有粗糙之处，字词的音韵也不甚悦耳，但这些词句和音韵却并不令人生厌，反而带给读者一种流畅明澈的律动感，甚至有时是一种难以言喻的生理上的快感。

在现代作家中，泉镜花、里见弴、宇野浩二、佐藤春夫是这一派的代表。品读他们的文章可以加深对"文调"内涵的理解。总之，以前多用"流畅""流利"等形容词以示对文章的赞美，可见流畅是佳作的第一条件。时至今日，人们则崇尚清晰明快的文调，流畅的写法似乎已沦为明日黄花。窃以为，**这种写法才是最能发挥日文长处的文体**，祈望其在不久的将来能够重现昔日的风采。

二、简洁的文调

从总体上说，这种文调的特点与"流利的文调"是背道而驰的。写这种文调的文章的人，希望将一字一句的存在都鲜明地凸显出来。所以句子的衔接处也似一步步重重踏过般分明。文调虽然并不顺畅，但是按照一定的节奏重复，有一种刚健的旋律感。如果说第一种文调是源氏物语派，也就是和文调的话，那么这种文调就是非源氏物语派，属于汉文调。其节奏的美感也与汉文的节奏一脉相通。

幸运的是，志贺直哉的作品为这种文调提供了完美的范本，值得反复体会。该氏文章最迥然独秀的地方，就在于其印刷出的文字分外鲜明悦目。当然，并不是说只有志贺先生的文章用了特殊的铅字印刷——其作品无论是以单行本出版也好还是登载于杂志也好，都是用普普通通的铅字印刷而成，这是毋庸置疑的。但为何他的作品看起来如此赏心悦目，而且只有他文章的字体显得特别大，纸质又特别白呢？真是令人不可思议！究其原因就在于作者对词语的选择以及文字的镶嵌极其慎重，是其字斟句酌的结果。因此就连本无情感的铅字都沾染了其气魄，如书法家用浓墨粗笔一笔一画、不厌其烦地用力书写的楷书般，一下子抓住了读者的眼睛。

文章达到这个境界绝非易事。大多数人写的东西即使印成了铅字，可那些字还是飘在空中，好像下一秒就能飞出纸面；而志贺先生笔下的字词仿佛扎了根似的深沉隽永，可他也没用什么标新立异的文字和熟语。其实，志贺先生与其他作家相比，并不喜好华丽的语句和晦涩的汉字，他的用词是朴实无华的。他文章的要领在于叙述尽量精炼，将一般人用十行、二十行来写的内容压缩为五六行，选择的形容词也是最平凡、最易懂、最恰当的。这样一来，他的每个字都沉甸甸的，一个字足有两三个字的分量，所以令读者眼前一亮、耳目一新。

自不待言，掌握这种文调可谓知易行难。要是想练习一下的话，可以尝试按照上述原则尽可能地压缩文章。但是最开始谁也没法立刻写出毫无赘言的文章，只能读了删，删了读，直到删到不能再删为止。有时需要改变句子结构或词语顺序，甚至还需要对词语进行大幅地删改。接下来，以上一章引用的《在城崎》结尾部分为例来进行说明：

其他蜜蜂纷纷归巢的日暮时分，冰冷的屋瓦上的那具尸骸令人感到如此寥然。

若是初学者可能就做不到如上的简练，他可能会写成：

日暮时分，其他蜜蜂纷纷归巢。只有那具尸骸仍独自留在冰冷的屋瓦上。看到这一幕，令人感到如此寥然。

只有把这段话精简到极致，才是志贺先生笔下的句子。

诸位读了《在城崎》就会明白，简洁文调的文章，字句的读音需要清脆明晰，句子间的界限必须予以明确。句

子尽量以过去时"た"结尾,有时为了营造出一种紧张感,以现在时结尾也是可以的。但"のである""のであった",尤其是"のである"听起来有冗长之感,应该避免。再如:

> 那样的情形持续了三天,每每看到,都令人感到如此之宁静,且寥然。

上文的"那样的情形"一词,是为了强化句首而加上的。

读者可能会认为,"那样的情形"的功用等同于英语语法的主格,所以志贺先生的文章也有着崇洋的一面。但他并不是一位受缚于语法而添加赘字的人,"且寥然"这句的笔法将之体现得淋漓尽致(对此,我在前文也有相关论述)。如我之前指出的那样,这个词的功用是为了彰显文章的文调,与"た"的终止符作用是一样的。简洁之美的另一面是必须做到含蓄。不是只把短句堆叠在一起就可以了,而是即便任意拿出一句,都可以扩充至原来的十倍、二十倍并依然言之有物。否则,若只是把拉长的内容"啪"地一下切断,加上"た"结尾的话,节奏感倒是有了,但不免有轻率之感。这种节奏不是那种沉着有力的脚步声,而是蜻蜓点水般的足音。所以,这种文调的文章比流利文调的文体更需要东洋式的寡言和简洁,但无论哪种文调都切忌采用西式的说话腔调。就志贺先生的作品而言,其观察事物的感觉带有现代人的纤细,不可否认还是受到了西方思想的影响,但其写法还是东洋式的,可以说是将汉文的坚韧、厚重和充实带到了口语体中。

三、冷静的文调

文章文调所体现的作者性情大致可分为源氏物语派即流利派,以及非源氏物语派即简洁派。若再细分还可分出几派,但都隶属于这两派。除此之外,还有一派是"冷静的文调"。

这一派也可以称为**没有文调的文章**。大部分人写的文章或流利,或简洁,但不管怎样都可以令人感到**语言的流动**,但有时也有人会写出静止的、没有流动感的文章。这种文章,形态上有的接近流利文调,有的则与简洁文调相近。初学者可能不容易辨识,不过仔细阅读后,就会发现文章全无**流动感**。犹如画卷上的溪流,虽然呈现流动的形态,但仅止于形。然而,没有流动感未必就是拙文,也有**流动停滞的佳作**。我将其中最杰出的作品比作:深泓之水平如镜,万象之姿映于中。其内容一目了然,便于读者更加清晰地解读。

一般而言，写没有文调的文章的人多为学者。比如以前流行拟古文的时候，国学者在创造和文时常常如此。学者因为对语法、措辞、修辞技巧等涉猎甚广，所以无论是流利调还是简洁调都可以信手拈来。他们写出来的文章文体是规整的、无懈可击的，但一读就会发现缺失了最为重要的流动感。全文的文调是死的，成为画中的溪流，这是不好的例子。也有好的例子，很多学者写的文章宛如深泓之水，其原因很好理解，学者需要客观审视事物并清晰地做出判断，比起热情来更需要精神的平衡和冷静，这就是所谓的文如其人吧，归根结底还是作家性情所决定的。

以前读过一本书，其中提到德国哲学家康德的文章虽然单调但是自有其光芒，这可能指的就是上面所说的那种文章吧。不只是康德，其他伟大哲学家的文章也必定如此。在这些名家笔下，无论是战争、爆炸，还是火山喷发、地震，世间百态无不肃然而止。无论多么混乱嘈杂的事态，凭他的妙笔都可以去芜除杂，令其秩序井然，宛若雕刻的石像般静寂。艺术家中具有学者特质的人往往有这样的趋向，比如漱石《漾虚集》中收录的作品《薤露行》《伦敦塔》就是范本。鸥外也是如此，我之前将其归入非源氏物语派中，但他又不完全属于简洁派，偏向冷静派的地方更多些。我们回顾一下前文引用的《即兴诗人》一节，就会明白了。如能读一下《阿部一族》《高濑舟》《山椒大夫》《雁》等小说的话，则会更加心领意会。

至此，对各种文调的说明大致告一段落。尚有一点需要补充的是"流利的文调"还有一种变体——"飘逸的文调"。

四、飘逸的文调

南方熊楠的随笔及三宅雪岭的论文将这种文调体现得最为淋漓尽致。小说家中还没想到合适的例子，不过武者小路实笃某一时期的作品及佐藤春夫《小妖精传》这类的作品则略有这种意趣。

这种文调虽是流利调的变体，不过正如其名称一样，其特质飘飘然难以捉摸，很难从技巧方面进行说明。总之，写这种文体不能有丝毫物欲，不能有靠文章出名的野心，还需要舍弃劝善惩恶的凡心。一句话，任何并驱争先、互竞雄长的意念都是大忌，平和、闲适、仙人般超凡脱俗的心境才是写作这种文章的正道。所以这不属于教得了、教得会的范畴，只要自己的心境达到这样的境界，不管怎么写自然都是这种文调。想要达到这样的境界，修禅可谓是一条捷径。

不过，这是东方人独有的特质，可以说西方文豪几乎无人具备这种特质。

下面，谈一下"简洁文调"的变体——粗粝的文调。

五、粗粝的文调

乍一看这种文调的文章可能会觉得是劣文。其实，称其为劣文也不为过。但与真正的劣文不同的地方在于，作者有意避开流利和简洁的文调，其笔下的文章仿佛是一条坎坷不平、崎岖难行的道路。这些作家并非对音调之美浑然不觉，他们是有这种感知力的，而是出于某些考虑故意为之。因为写得过于流利的话，读者就会顺势一气呵成地读完，而不会留意每个语句背后蕴含的深意。这就像乘一叶轻舟顺着和缓的溪流漂流而下，这个过程是很惬意的，但事后回想时，还会记得两岸的风光山色、苍翠林木、丘陵村落、田园人家吗？大概因为应接不暇都化作过眼云烟了吧。七五调[1]的文章最容易有此弊端，曲亭马琴的小说亦如此，过于追求形式而内容流于空洞。净琉璃作家近松

---

[1] 和歌格律的一种。上半句为七个音节（假名），后半句为五个音节（假名）。《古今和歌集》中收集的作品主要以七五调为主。明治时期，七五调也被应用在包括寮歌、军歌与校歌等歌曲创作之中。

门左卫门曾在《难波土产》一书中说过，七五调过于流畅，应弃之。简洁派的作家因此而讨厌流利派的文章，而粗粝派的作家认为即使是简洁派的文章也还是过于流利了。与流利派相比，简洁派的笔法已经不甚流利了，他们为了让旅人对两岸风光能印象鲜明，不惜在各个要冲设堰截流。即便如此，这种流势仍然会产生快感。就算并不顺畅，每隔一两段距离，奔腾湍急的水流就会碰到岩石上，旅人恍惚于水势之畅爽，不意间则会疏于观察陆地。为了令其更多着眼于陆地，最好压根不要予其以流势的快感，这大概就是粗粝派的想法吧。

所以此派作家有意将节奏弄得生硬而令人不适。读者刚觉得文章要铺开叙述的时候，就会受到东敲西击。读者的阅读体验必定是跌跌撞撞的，或踢到石头，或落入坑洞，或为树根所绊。正因为碍手碍脚，那些坑洞、石头、树根才给人留下了深刻的印象。所以这种写法，并非像"冷静的文调"那样没有文调，而是对文调这种东西过于敏锐，反而想抹去其踪迹，最终形成坚硬却不失滋味的"粗粝"文调。要想写出这样的文调，不仅要使节奏，即使音乐性要素卡顿，也需要兼顾视觉性要素。比如在文字使用上，特意用片假名，或以嵌入少见的汉字、改变假名等用法使得字面看起来芜杂不堪。乍一看这样的文章貌似鲁钝之人写的拙劣之作，实则为作者有意而为之，这种**拙**

文的魅力往往令读者欲罢不能。

可能有人会认为我说的这些不过是雕虫末技罢了，其实这种文调乃作家的性情所使然，并非其本人拘泥于技巧，而是自然而然的流露。有时，我也想突破自我，摆脱固有的文调。结果笔下的作品竟毫无生气、不伦不类，连一篇彻头彻尾的拙劣文章都称不上，更遑论其魅力。目前我认为天生的粗粝派仅泷井折柴一人而已。

除了上述文调外，再进行细致划分的意义已经不大了。但是，并不是所有作家都可以明确地划为这五类中的某一类。性情这东西虽是天生的，但也随本人的境遇、年龄、健康状态而有后天的变化。年轻时是流利派，上了年纪后可能变成简洁派，反之亦然。其实，很少有作家纯粹属于某一派，或三分流利调七分简洁调，或五分冷静调五分简洁调等，不一而足。像幸田露伴本人是不逊色于森鸥外的学者，但文章文调不是冷静一派，而是热情洋溢，流利与简洁兼有的。

文调纯粹者，可取其清澄；文调丰富者，可取其多姿。各有其美，不分轩轾。我读歌德作品时，虽然不曾读过原文，但英译和日译给我的印象迥然不同。同一篇文章，视角不同文调也随之改变，有时像流利调，有时像简洁调，甚至有时像冷静调。一篇文章倘能完全兼具三种文调的长处，必是一篇杰作，作者也必然才华横溢。

关于文体

文体指文章的形态或姿态。其实，我在"文调"一节中已经说得差不多了。这是因为不管是文调也好，文体也罢，都不过是从不同角度看同一个东西，没有什么实质上的区别。一篇文章的写法，如果从词语流动的角度，就流动感而论就是"文调"，如果将流动状态作为一个整体而论就是"文体"。所以流利调、简洁调、冷静调也可以称之为流利体、简洁体、冷静体。

然而，衡量一个东西可以有各种尺度。丈量一匹布料，既可以用鲸尺，也可以用公尺。区分文体，既可以文调为基准，也可依照样式区分为文章体、口语体、和文体、和汉混交体等。我们历来说的"文体"一般为后者。

按照这种区分方式，今天普遍使用的文体只有一种，即口语体。明治中期以前，还有一种**雅俗折中体**，即口语体混杂着文章体，多用于小说，现在已经销声匿迹了。

因此，若将口语体再细致分类的话，可勉强分为如下四种：

一、讲义体；

二、兵语体；

三、郑重体；

四、会话体。

一般而言，我们将今日通用的文体称作口语体或言文一致体。严格来说，这绝不是将口头上所说的话写成文章就可以了。其与文章体相比，当然十分接近口语，但与实际的口语仍存在相当大的不同，仍可视为一种文章体。我的这种分类方法是以和实际口语区别大小为标准进行的，名称起得可能不太妥当，但一时也想不起其他说法，暂且先这样称呼吧。

一、讲义体

这种文体和实际口语区别最为显著，因此和文章体最为接近。试看如下例句：

彼は毎日学校へ通う。（他每天去上学。）

像这样以现在式结尾的简单句，如果改为口语体中的讲义体的话，其实与文章体并无二致：

彼は毎日学校へ通う。

过去式：彼は毎日学校へ通ひたりき。[文语]

会改为：

彼は毎日学校へ通った。

将来式：彼は毎日学校へ通ふらん。[文语]

会改为：

彼は毎日学校へ通うであろう。

再如下列以形容词结句的例子：

彼は賢し。[文语]

彼は賢かりき。[文语]

改成讲义体则为：

彼は賢い。

彼は賢かった。

以上为讲义体最为简单的形式。在实际使用中，为了加强句末语气常附以"のである""のであった""のだ""だった"等。如：

彼は毎日学校へ通うのである。

彼は毎日学校へ通うのであった。

彼は毎日学校へ通ったのである。

彼は毎日学校へ通ったのであった。

彼は毎日学校へ通うのだ。

彼は毎日学校へ通うのだった。

彼は賢いのである。

　　　彼は賢いのであった。

　　　彼は賢かったのである。

　　　彼は賢かったのであった。

我们日常和他人说话时，不会使用这种文体。但是在众人面前，尤其是教师登上讲坛时多用这种说法，多少带有一点故作庄重之感。

本来文章大多数时候是以大众而非个体为对象，故采用讲义体也是理所应当之事。今日普及的口语文大部分属于这种文体。将讲义体视为现代文也没什么不妥，尾崎红叶、幸田露伴之后的明治大正时期所有文豪的散文作品几乎都是以这种文体写就的。

二、兵语体

该文体将"である""であった"换成了"であります""でありました"。其最简单的形式为：

　　　彼は学校へ通います。

　　　彼は学校へ通いました。

　　　彼は賢くあります。

或者把讲义体的"のである""のであった"直接改

为"あります""ありました",即:

> 通うのであります。
>
> 通ったのでありました。
>
> 賢いのでありました。

这种说法为军队里士兵向长官报告时所用,不乏仪式感,更有礼貌、恭敬之意,所以比讲义体听起来更为温和热诚。这种文体虽然普及范围不广,但使用得也不少,比如中里介山的《大菩萨岭》和我这本书的文体均为此类。

三、郑重体

这种文体是将"あります""ありました"换成"ございます""ございました",比兵语体更为礼貌。

这种说法主要是大城市的人们在出席正式场合时的用语,且沿用至今。有些过于礼貌的人,在讲义体上加上了"ございます",变成了下列说法:

> 通うのでございます。
>
> 通ったのでございました。

非但如此,还要再加之以兵语体:

> 通いますのでございます。
>
> 通いましたのでございました。

还有更极端的使用"ございますのでございます"。这种说法过于迂回、冗长，依稀记得久保田万太郎似乎用过一次，如果不是极其特立独行的作家，是不会这样用的。

但是，迂回的说法并非郑重体所独有，讲义体和兵语体多多少少也有些这样的倾向。本应以"ある""あった"结句，却以"あるのである""あるのであった""あったのであった""あるのでありました""ありましたのであります"这样的词结尾，形成习惯后，不这么做就觉得少了点什么，自然句子就变得冗长了。不仅如此，以上三种文体多以"る""た""だ""す"这些假名结句。固然是出于方便而为之，但与文章体相比，形式上格外缺乏变化，可谓千篇一律。为了避免这种乏味的说法和结句方式，干脆直接按照口语的方式写作，这就是"会话体"。

四、会话体

这种文体才是**真正的口语文**。

其实，大家在平时说话时，句尾总是要加一些语气词。比如"他每天去学校"这句话，不会中规中矩地说成"彼は毎日学校へ通う"，而是在句尾附以语气词，比

如"通っているさ"或"通うんでね""通いますよ""通うんだからなあ"。如果是女性的话，则可能会说"通うわ""通うわよ""通いますの""通いますのよ"等等。这些语气助词"さ""ね""よ""なあ""わ""わよ""の""のよ"绝非毫无意义，而是起到了加强或削弱句尾语气，以及挖苦、撒娇、讽刺、反语等作用，有时亦表达了很多无法言明的微妙情绪。我在前文提及过，口头表达时可以令听者感受到说话人的声音、句子的间隔、眼神、表情、动作、手势等，而这些要素文章都不具备。唯有**这些语气助词能多少起到激发读者去想象书中人物声音、眼神等的作用**。看到"通うんだからね"可能会想象一个男性的声音，而"通いますのよ"则会想象女性的声音。根据这些语气助词，有时甚至可以判断作者的性别。

男女用语有别是日语独有的优点，这恐怕也是其他语种所不具备的。比如在英语中：

He is going to school every day.（他每天去上学。）

如果能亲耳听到这句话，可以轻而易举地辨别说话人的性别，若通过文字阅读的话，就不得而知了。但若用日语会话体描写的话，男女的语言差别一目了然。

"会话体"并不是一种独立的文体，而是讲义体、兵语体、郑重体等多种文体的混合。此外，句子在中途突然断开，或者从中间开始都可以。结句的词语类别多样，名词和副词皆可。其特点可以归纳为如下四点：

1. **表现自由。**

2. **句尾有语气词。**

3. **可以感受到说话人的语气，并可体察其微妙的心理及表情。**

4. **可以判断作者性别。**

佐藤春夫大概是注意到了这些口语体的长处，所以才说"文章应所著即所述"吧。不过这种文体也有其局限，如果完全按照说的来写，势必造成不必要的重复、用词粗野、语脉混乱等不得体的情况，会议的速记簿就是这样的例子。但是，每当我想到讲义体和兵语体中存在的诸多拘束，就会思考要如何将会话体的灵活之处应用于现代文。这种文体无法用于一般性文章，常见于私人信件，尤以女学生之间的通信为多，此外在讲谈和落语中也常有使用。以此类文章为参考，并继续探索其应用范围及方法，想必对小说乃至于论文、感想文的写作有所裨益。

虽然今日我们已经失去朗读的习惯了，但在阅读时也没法不去想象声音。人们在心中读出来，以心灵之耳倾听，这一点前文已经提到过了。若要进一步追问，**我们在心中阅读的时候想象出的究竟是男性还是女性的声音**，女性读者的情况我虽无从得知，**但我们男性读者会想象一位男性的声音（多数时候是自己的声音）**，而不管作者的性别如何。倘若所有文章都能体现出作者的性别又会是怎样一种情况呢？大概我们会将男性作家的作品以男声，女性作家的作品以女声读给自己听吧。可见，会话体的使用具有极其深远的意义。

关于体裁

这里说的**体裁**，指的是文章的一切视觉性要素。可分为：

一、振假名[1]与送假名的问题；

二、汉字与假名的搭配问题；

三、印刷字体的形态问题；

四、标点符号。

我在前文提及过，语言非完美之物，我们应利用诉诸读者眼耳的所有要素，以完善表达上的不足。同时，我也认为，字面必然会对内容产生积极或消极的影响。在像我国这样混用象形文字和音标文字的情形下更是如此。如此说来，将这种影响与文章的目的一并思考也是理所当然的。这些足以说明，将体裁视为内容的一部分是无可指摘

---

[1] 振假名，也叫注音假名，一般标在汉字上方或周围，标示其读音。

的，其重要性不可等闲视之。

一、振假名与送假名的问题

已故的芥川龙之介曾说过："最体贴读者的做法就是将所有汉字都标注上振假名。"这个意见可谓入情入理，不仅体贴读者，也减少了作者的麻烦。

我写过一篇小说《两个稚儿》（二人の稚児），我希望读者将之读作"フタリノチゴ"，但有些文化水平很高的人却将之读为"ニニンノチゴ"，这种错误往往令作者感到十分沮丧，而这样的事例在我们的口语文中却频频出现。比如，"好い気持ち"（好心情）这个词，有人读作"ヨイキモチ"，也有人读作"イイキモチ"。其实，常用字比生僻字更容易读错。因为生僻字都有固定读法，就算不懂，查字典就解决了，读者自己也会注意。但常用字常遭到作者疏忽而忘记标假名注音，字典里也记载了多种读法。比如"家"这个字，到底是该读"イエ"还是"ウチ"，如果没有振假名的话，通常是分不清楚的。再如"矢張"（仍然）这个词，读作"ヤハリ"还是"ヤッパリ"？"己一人"（我一个人）读作"オノヒトリ"还是"オノレヒトリ"，抑或"オノレイチニン"？"如何"（如何）是"イカガ"还是"イカン"，还是"ドウ"？"何时"（什么时候）是"ナンドキ"还是"イツ"？这些读法都没错，其实不按照作者标音读也没问题，与受教育程度也没有关系。但是，在高雅文艺作品中，这些看起来无关紧要的字词读音是否恰当，有时直接关系到文章的文调和氛围，作者自然对此难以释怀。因此就这点而言，将所有汉字标上振假名不失为万全之策。

但这样又会产生字面的问题。如果所有汉字都加上振假名，就必须舍弃大部分字面美所带来的快感。之所以这么说，是因为现在报纸杂志上所使用的字体大小对于欧洲语言还可以，但并不适用于使用汉字较多的日语。如此小的字体，如果不用高级纸张以及新铸铅字清晰印刷的话，油墨过浓或者过淡，那些笔画繁复的字就会变得模糊。即便可以辨识，字面也往往丑陋不堪，令人无法领略汉字的魅力。近来，这种趋势愈演愈烈，明治时期用的五号字比现在排版来得疏，现在采用的则是线条更细、字体更小的"point"这种铅字。随着报纸段落的增加又需要缩小字间距，从而又有一批字号极小的铅字被铸造出来。在本来已经显得有些脏乱的字体上再加以更小的注音假名，稍一疏忽就会变成一个个黑圆点。因此，身为大众读物的报纸也难以忍受这种丑陋又麻烦的做法，开始限制振假名的数量了。

通常单行本的印刷比定期出版物更为清晰，字面看起来也更美观。有些文艺作品，比如泉镜花、宇野浩二、里见弴等人的流利调文章，将之全附以振假名也无妨。因为这一派的文章无意凸显某些字句，而以全文的流畅为阅读目的，为了不让读者因某些生僻字而停滞，把读法标注出来也不失为手段之一。此外，振假名也可以缓和汉字的生硬感，使其与平假名的衔接更为自然。反之，在简洁调的文章中，振假名的使用则会适得其反。这样的文章以字面清澄为贵，除必要文字外，其他的地方必须洁白无瑕。字的周围就算有一小块儿黑迹都会破坏整体的美感。另外，读者遇到生僻难解的汉字而暂停阅读也没什么，反而加深了印象。冷静调的文章也是如此，本来就是理智型的文章，比简洁调更需要字面的清澄与透明。如果将漱石的《薤露行》以全部加上振假名的方式印刷得丑陋不堪的话，想必其艺术价值将大打折扣。

印刷业者将振假名称为"注音假名"（ルビ）。全部附以注音假名称之为"总注音假名"（総ルビ付き），部分注音称之为"分注音假名"（パラルビ），现代文艺作品中用得最多的就是这种"分注音假名"。然而，什么字需要加注音假名，什么字不需要呢？这种标准的制定比想象的要困难。如前所述，读者往往在作者意料不及的地方读错，这就是常用字比生僻字更棘手的原因所在。以前我自己立下了一个规矩,就是注音假名只加在有多个读音的字词上(如前文所举的例子"家""如何""何時""己""一人""二人"等),不加在字典里能查到的字上。不过也有不便之处,比如在"家"上加了"イエ",并不代表着每个"家"都这么读。同一篇作品之中,有些地方希望读成"イエ",有些地方希望读成"ウチ",为了进行区分就必须在所有"家"字上附加注音假名。但这样的字不止一个,如果全部都附加注音假名的话,则相当麻烦,而且字面上也不美观。

既然注音假名怎样处理都不理想,那么索性就非必要不标注吧。可这样一来,新的难题又产生了,首先就是**送假名**。

如果按照芥川先生的说法,给汉字都加上注音假名,那么送假名依照日语语法所规定的假名使用规则,只附在动词、形容词、副词等语尾变化部分,语尾无变化的名词等则可不加。但问题是,在不使用注音假名的情况下,有些词语只靠语法则无法判断。如"コマカイ"(细小的、详细的)这个词应该写成"細い",但这样写的话有可能被读成"ホソイ",为了避免读错则只能写成"細かい"。这样一来,为了保持统一,像"短い"(短的)、"柔い"(柔软的)也应该写成"短かい""柔かい"。此外,"クルシイ"(辛苦的、艰辛的)应该写为"苦い",但为了避免读成"ニガい",不得不写成"苦しい"。再如为避免把"酷い"(残酷的、厉害的)读成"ヒドイ",而写成"酷ごい";为防止"賢い"(聪明的)读成"サカシイ"而写成"賢こい"。问题是,这些形容词和拥有类似词根的形容词,如不使用同一个送假名的话会显得杂乱无章。那么所有的形容词都这样写的话,像"長がい"(长的)、"清よい"(清的)、"明るい"(明亮的)这样的写法虽然无可诟病,但也只是作者的一家之言罢了。

动词也存在这样的情况。比如,"アラワス"写成"表す"是正确的,但下面这个句子:

观音様がお姿を現して。(观音菩萨现身。)

这句话中的"現して",有人读作"アラワシテ",也有人会读作"ゲンジテ"[1]。为了避免这种情况的发生,所以写成"現わして"。

再如"アワヲクラッテ"(大吃一惊)写成汉字的话是"泡を食って",但总有人会读作"アワヲクッテ"[2]。所以只有写成"泡を食らって"才能万无一失。

除此之外,"働らいて""眠むって""勤とめて"也写成了这样的送假名,这都是作家自作主张的写法罢了。

---

[1] 日语中动词"出现"一词可以说成"あらわす""げんじる",虽然都写作汉字"現",但读音不同。
[2] "食う"一词既可以读作"くう",也可以读作"くらう",但意义不同。

像上面这样有必要将词根的音用送假名标注的情况并不仅限于动词与形容词，在名词上也屡见不鲜。我由于担心读者将"誤"读作"アヤマチ"，将之写为"誤り"。从此一发不可收拾，竟养成了将动词转化来的名词附以送假名的习惯。再如"後"这个字，可以读作"ノチ""アト""ウシロ"，当我觉得此处应该读作"ウシロ"的时候常常写成"後ろ"。在不想让"先"这个字读成"セン"而是读成"サキ"的时候，我会写成"先き"，在想让人读成"サッキ"的时候，则写成"先ッき"或者"先っき"。这确实有些滑稽，所以近来我都改用假名书写。然而这样的滑稽事情却每天都可以见诸报端，举个极端的例子，如"少くない"（不少）这个词，竟有人注音时将原本的读音"少くない"标成了"少くない"（少）。如此谨慎也会有这般纰漏，的确令人啼笑皆非。但若结合之前的诸多实例，也不能一概加以取笑。

　我只是举了两三个目之所及的不妥之例，若是对现代口语文中送假名的乱象认真调查的话，其不当之处恐擢发难数。至此不由得深感芥川先生"将所有汉字都标注上振假名"的主张实乃真知灼见，倘若将此问题与汉字搭配结合考虑的话，就更加棘手了。

二、汉字与假名的搭配问题

首先请诸位过目如下词语的读法，每个词都有训读和音读两种读音：

生物（生物）　イキモノ、セイブツ

食物（食物）　クイモノ、ショクモツ

帰路（归途）　カエリミチ、キロ

振子（振摆）　フリコ、シンシ

生花（插花）　イケバナ、セイか

捕縄（捕绳）　トリナワ、ホジョウ

往来（往来）　ユキキ、オウライ

出入（出入）　デイリ、シュツニュウ

生死（生死）　イキシニ、セイシ（ショウシ）

往復（往返）　ユキカエリ、オウフク

这些词只要不加振假名，是音读还是训读只能任凭读者自己决定。因此，如果希望读者训读的话，则需要在构成这些名词的动词部分之后加上送假名，即：

生き物

食い物

帰り道

振り子

生け花

捕り縄

往き来

出入り

生き死に

行き帰り

一直以来我都践行这样的原则：训读时才加送假名，音读时则不加。"生花"必定读作"セイか"，读成"イケバナ"就错了。"出入"也必须读作"シュツニュウ"，"デイリ"是万万不可的。按照这样的规则，确实可以避免字面上的混淆，但随之又产生了新的麻烦，比如下列这些复合词要怎么写才好呢：

指物（木器家具）

死水（逝者临终前用于湿润嘴唇的水）

請負（承包）

振舞（举止）

抽出（抽屉）

如果不把它们写作：

指し物

死に水

請け負い

振る舞い

抽き出し[1]

则这些词很可能被读作"シブツ""シスイ""セイフ""シンブ""チュウシュツ",这样的例子不胜枚举。如果要彻底按照这个原则书写的话,像"股引き"(日式细筒裤,保暖秋裤)、"穿き物"(鞋类)、"踊り場"(舞台、楼梯平台)、"球撞き"(台球)、"年寄り"(年长者)、"子守り"(照顾孩子,保姆)、"仕合い"(比赛)这些词还姑且可以这么写,而"場合い"(场合)、"工合い"(情况)这样的词道理上还说得通,但写起来太麻烦。至于像"若年寄"、"目附"、"関守"、"賄方"这些词蕴含着历史、习惯及传统,其字面构成是否该另当别论?加之作者们的想法各有千秋,所以标准亦难以统一。

此外还有一类词,其字面构成与音读训读并无关联,只是取其含义配以汉字。如下例:

寝衣　ネマキ(睡衣)

浴衣　ユカタ(浴衣)

塵芥　ゴミ(垃圾)

心算　ツモリ(打算)

姉妹　キョウダイ(姐妹)

---

[1] 日语中同一个汉字词,其音读与训读所表达的意思可能不尽相同。如"死水"一词,音读为"シスイ"时意为"一潭死水",训读为"シニミズ"则意为"逝者临终前用于湿润嘴唇的水";"抽出"音读为"チュウシュツ"时意为"抽出",训读为"ヒキダシ"则意为"抽屉"。

母子　オヤコ（母子）

身長　セイ（身高）

泥濘　ヌカルミ（泥泞）

粗笨　ゾンザイ（粗糙）

可笑しい　オカシイ（滑稽可笑）

怪しい　オカシイ（奇怪的）

五月蝿い　ウルサイ（嘈杂，讨厌）

酷い　ヒドイ（过分，糟糕的）

急遽　ヤニワニ（立刻）

威嚇　オドス（威胁）

強要　ユスル（敲诈）

这些词语在汉字的选择上并没有一定的标准、不乏像"五月蝿い"这样令人摸不着头脑的汉字，也有不少猜谜般的表达。其中，除了像"寝衣""浴衣"这样已经普及的词语之外，还有一些词的汉字选择则因人而异。比如"ゴミ"一词，有人写作"塵芥"，也有人写作"塵埃"；"ヤカマシイ"（喧嚣）一词则"喧しい"和"矢釜しい"两种写法都有；"オドス"写成"威嚇す"或"嚇す"；"ユスル"也有"強要る""強請る""脅迫る"等多种写法。这些词中，有送假名的动词和形容词不容易读错，但仍有"酷い"读成"ムゴイ"的情况发生。另外，有些没有送假名的单词，如"寝衣""浴衣""塵芥""心算""姉妹""母子""身長""泥濘""粗笨""急遽"等单词被读作"シンイ""ヨクイ""ジンカイ""シンサン""シマイ""ボシ""シンチョウ""デイネイ""ソホン""キュウキョニ",的确也是无可奈何的事情。

森鸥外对此极为有心,只要读过他的小说或剧作,就知道其对汉字和假名的使用十分考究。其原因不仅在于他博学多才,以前的作家稍掌握些许学问,就给假名搭配独特的汉字,硬要读者照着读,加剧了汉字不统一的状态。鸥外却不然,他在深入思考日语的基础上,为了解决文字使用这个难题,试图建立一套确实可行的方针以梳理和克服这些困难。其实,我还没有从这个角度读过鸥外的文章,不敢妄下结论。但即便请语法学者审读的话,无论从哪个方面而言,其文章仍算得上瑕疵最少的口语文。如能以其文章为对象,系统分析其文章构成方法、措辞用法的话,想必可以写成一部出色的日语语法专著。鸥外假名使用之规范,仅以如下两三个词语为例说明。如"感心しない"(不佩服)、"記憶しない"(不记忆),鸥外必遵照サ行动词变形规则将其写为"感心せない""記憶せない"。再如"勉強しやう"(学习吧)、"運動しやう"(运动吧)这些词,鸥外会将之视为"勉強せう""運動せう"中"せう"的变体而写作"勉強しよう""運動しよう"。另外,像"向ふの丘"(对面的山丘)、"向ふの川"(对面的河流）这些词语，则会采用"向ひの丘""向ひの川"中"ひ"的发音变化方法，写作"向うの丘""向うの川"。如此这般，鸥外的身体力行给很多并不注重这方面的青年作家带来了潜移默化的影响，并沿袭至今。今天我们的假名书写能够做到部分统一，鸥外的功劳不可忽视。

那么，前面提到的纷杂的局面，鸥外又是如何应对的呢？比如："浴衣""塵芥""寝衣""酷い"这些词，在鸥外的笔下则变成："湯帷子""五味""寝間着""非道い"。我还记得鸥外担心"湯帷子"这个词被误读为"ユカタビラ"，还特意加了注音的振假名[1]。其实按照鸥外这种配字方法，振假名已经没那么必要了。就算是将"湯帷子"读作"ユカタビラ"，也比写成"浴衣"更合乎情理，更易于接受。也就是说，鸥外的汉字搭配法与其说是斟酌字句，不如说是**对该词语进行语源上的追溯以觅得恰当的汉字**。以此为准绳，则"心算"须为"積り"；"急遽に"须为"矢庭に"；而"強要る"也只能为"搖する"。再如，"キョウダイ"一词在表达"姐妹"之意时也需写作"兄弟"[2]；"オヤコ"在仅表达母亲与孩子之意时，也须写

---

[1] "帷子"意为单衣。"湯帷子"为平安时代的贵族入浴时所穿的单衣，是"浴衣"的雏形。
[2] "キョウダイ"意为兄弟姐妹。根据具体情况，对应有多种日文汉字组合，如："兄弟""兄妹""姉弟"等。

作"親子"[1]。这些例子说明，一味拘泥于使用场景而使用不符合训读规律的汉字，是导致汉字混乱现象的根源。如此说来，如果一定要突出"姐妹"这个意思，写作"女の兄弟""姉妹(しまい)""姉と妹"也行得通；强调一方是母亲的话，写作"母子(ぼし)"或"母親と子"也未尝不可。再如"ヌカルミ"（泥泞）、"ゾンザイ"（粗糙）、"オカシイ"（滑稽、奇怪）、"ウルサイ"（嘈杂、讨厌）这些词，如果找不到合适的汉字时，用假名来写乃万全之策。

上述为我对鸥外用字准则的一孔之见。其实我本人也从鸥外的这种写法上受益良多，并曾践行一二。至今虽受其熏陶，但很多时候仍罔知所措，难以决断，时有退步之嫌。当然，这未必是本人才疏学浅或惰于思考使然，若一一举例说明其原因，则过于连篇累牍。简而言之，配字和假名使用的难点就在于无论采取何种方法，都会留下问题。若完全按照鸥外的写法，"单衣"（单层和服）须写作"一と重(ひとえ)"（即一层衣服之意）；"袷"（有衬里的和服）须写作"合わせ"（即重合之意）；"家(うち)"[2]须写作"内"。但问题在于，有些词语无法遵循这个原则进行处理。最初的训读就是把与汉字的意思匹配的日语词

---

1 "オヤコ"意为亲子。其日文汉字可写作"親子""母娘""父娘"等。
2 "家"在日语中可读作"イエ"与"ウチ"。"イエ"侧重于作为物理建筑的房屋，"ウチ"侧重于心中"家"的感受。

汇套用到汉字上，现在将"卓子"（桌子）读作"テーブル"（日语外来语，所对应的英文单词为 table），"乘合自動車"（公交车）读作"バス"（日语外来语，所对应的英文单词为 bus）也是同样的道理。如此说来，"家"只能读作"イエ"似乎就没什么道理了，毕竟新式训读也是训读。"単衣"（ひとえ）"浴衣"（ゆかた）也可视为是这两个汉字的训读。以此类推，唯一正确的训读方式将不复存在，只要没有错误，最终什么读法都是可行的。此外，像"食い物"（食物）、"出入り"（进出）、"請け負い"（承包）这些词，其送假名是否恰当得体，是否容易引发混淆及麻烦，这些问题鸥外的方法都无法予以解决。即便解决了，如"寝台"（床铺、卧铺）一词，有人读作"シンダイ"，也有人读作"ネダイ"，这确实也是无可奈何的事实。**最终，日语文章的读法因人而异这个局面是无法避免的。**

于是，我放弃了为统一读音而借用汉字的想法，尝试从一个全新的角度构思了一种新主张，即：**只取文章的视觉及音乐效果。**换言之，**从借字与假名的语调以及字形美感方面入手，仅仅要求其与内容所蕴含的情感水乳交融。**

首先从视觉效果而言，"アサガオ"（牵牛花）的借字有"朝顔"或"牵牛花"，如果想体现日式的纤柔感，可写成"朝顔"，若想表达中国式的坚韧不妨写作"牵牛花"。再如，"タナバタ"的借字一般为"七夕"或"棚機"，如果内容为中国故事时写成"乞巧奠"也毫无问题。"ランボウ"（粗暴）、"ジョサイナイ"（机敏）这两个词，现在多写作"乱暴"和"如才ない"，而在战国时代则写作"濫妨"和"如在ない"，所以写历史小说时可以采取后面的写法。假名使用亦遵循同样原则，若以易懂为目的则须细致地加上送假名，若注重特别的情调，则要为了不与该情调相违背而进行适当的取舍。所以才会有时写作"振舞"，有时写作"振る舞い"。比如志贺先生的《在城崎》中，使用了"其处で""丁度""或朝の事""仕舞った"这样的借字，如果想让字面产生一种用假名书写般的流畅感，写作"そこで""ちょうど""或る朝のこと""しまった"也无妨。

我曾写过《盲目物语》，这个故事在形式上是战国时期一位老年盲人按摩师对自己过往经历的讲述。写作时我尽量不用汉字而是假名书写，主要有两点原因：其一是为了视觉上的效果；其二是为了达到缓和文章节奏的目的，也即实现音乐效果。文中的老人一边探寻着自己模糊的记忆，一边用沙哑含混的声音断断续续地讲述，为了让读者领会这种磕磕绊绊的语调，而刻意多用假名以营造出生涩的感觉。另外，我根据不同语境，对"感ずる"（感到）、"感じる"（感到）、"感じない"（未感到）、"感ぜない"（未感到）[1]进行了区分，这说明词语的用法在同一篇文章中未必要予以统一。

如按照上述方法，振假名的问题自然能迎刃而解，有时全部或部分地附上注音假名也无妨。然而，之所以这样做，是为了达到与文章内容的协调而非满足读者的喜好。如果总是担心读者能否正确地读出来，那就过于牵肠挂肚了，还是信任读者的文学常识和感觉比较好。连这些常识和感觉都不具备的读者是无论如何都无法理解内容的。

这种做法，确实也算是一种方针，但实际运用的时候因为场合千变万化，也等于没有方针。然而反过来思考的话，**鸥外对文字的精确把握，也正反映了其森严端正的学者式文章的视觉效果**。倘若一篇热情奔放的文章采用这种清晰的写法的话，说不定反而弄巧成拙。如此说来，漱石的《我是猫》的文字用法可谓独树一帜，比如将"ゾンザイ"（粗糙）写作"存在"，"ヤカマシイ"（喧嚣）写作"矢釜しい"，其中也有些新奇的借字难以判断读音，而又没有附上注音假名。这种洒脱随性与鸥外形成了鲜明对比，与其飘逸的内容相得益彰，并增添了些许俳句与禅的韵味，至今令我记忆犹新。

---

1 "感ずる"与"感じる"的意思相近，"感ずる"偏古典用法，"感じる"则为现代日语常用；"感じない"与"感ぜない"同理，"感じない"为现代日语用法，"感ぜない"偏古典用法。

总而言之，我对如何使用文字这件事持彻底的怀疑态度，自然也没有数短论长的资格了。至于是采用鸥外式、漱石式还是无方针式，都是诸位的自由。我之所以如此大费笔墨，是想让各位注意到，这件事有多么令人劳心费神。

不久前，大阪每日新闻社制定了该社新闻报道时借字及假名使用的规则，并为此编了一本名为《样式规范用书》（スタイル・ブック）的小册子发给职员和相关人士。我认为这是一种稳妥可行的做法，若能入手此书，不妨一读。

三、印刷字体的形态问题

如前所述，我国普遍使用的印刷字体过小。我大概是老花眼的缘故，就算戴上老花镜也分不清五号或九磅字中到底是浊音符还是半浊音符。用片假名标记的西方地名和人名，音符部分通常印得漆黑一团，到底是"ナポリ"还是"ナボリ"，是"プルーデル"还是"ブルーデル"，即便用放大镜也难以区分。那么至少在单行本中普及四号字印刷是不是更好呢？虽说欧美的文字小一点不影响阅读，但仍有大量书籍印成相当于四号字的字体，这在日本却反而极为少见。如果用四号字的话，振假名的字体也会相应变大，就算全部附以注音假名也不会难以辨认。

现在通用的印刷字体主要有明朝体和哥特体两种，而西洋文字除了哥特体之外，还有意大利斜体和德语字体，这样总共就有四种字体。我国的文字本身就富有美感，且兼具楷、行、草、隶、篆、变体假名、片假名等各种字体，我国的文章却不在视觉要素上利用这些变化，这么做是错误的，也是令我不解的。据我所知，佐藤春夫的小说《陈述》使用了片假名书写，之后就再未见过其他人有这样的写法了。此外，以前的某些年代出版过变体假名书写的作品，而隶书、行书现在仅用于名片的印刷上，盼扩大其应用范围为宜。

四、标点符号

我们口语文中常用的标点符号主要有八种，分别为：表示句子终止的"。"；表示句子停顿的"、"；并列单词的"·"；表示引用的"「 」"或"『 』"；从西方传来的问号"?"、感叹号"!"、破折号"——"以及省略号"……"。有的人直接使用西方的引号""来代替「 」，但还不是很普及。

然而，我认为日本文章不需要西式句子的结构，所以也不打算从这方面对标点符号进行区分。请诸位翻回至前文《源氏物语》的译文部分，如果将其视为由三句话构成的话，则须在"并不愿意""踟蹰不定""悲上心来"这三处加上"。"。若视之为一句话，只需在最后的"悲上心来"加上"。"。若认为此处并未结句的话，则全用表示句子停顿的"、"也可以。有人觉得这样反而更富有余韵。

上段中，"则全用表示句子停顿的'、'也可以。有人觉得这样反而更富有余韵"这句用到了两个句号；如果将"若视之为一句话"到"反而更富有余韵"这段视为一句话的话，"则全用表示句子停顿的'、'也可以"之后的"。"变为"，"也无妨。也有人认为最后一句中的"有人觉得这样"的"这样"意指前文所有内容，那么"请诸位翻回至前文《源氏物语》的译文部分"之后的所有"。"都可以改成"，"。可见，**所谓标点符号也和借字、假名的使用方法同理，终究没有一个万全之策。**

因此，我还是从感觉效果出发，在希望读者暂时停顿的地方上标点。短暂的停顿用"、"，较长的停顿用"。"。这种做法大多时候与句子结构是吻合的，但也有不一样的时候。《春琴抄》这部拙作贯彻了我的这一方针，可谓是一种尝试。比如下面这段：

一个女人盲目又独身的话即便奢侈也有限度鲜车怒马恣意行乐也不过如此但春琴家除主人一人外尚有仆人五六人每月生活费用常常入不敷出何以至此首要原因在于她有养鸟的嗜好尤钟情于黄莺。今日一只莺声呖呖的黄莺珍品不乏一万日元想必往日也不相上下。虽说如此今日和往日听辨啼声的方式也好赏玩方式也罢似乎仍有几分不同以今日为例有啁啾、啁啾、啁啾、啁啾的啼法即黄莺出谷的啼声,也有哈——叽——贝卡空似的高音,除了哈——哈卡吉啾这样的基本啼法之外如果会这两种啼法的话自然价值千金这是林莺啼不出的偶尔啼一声也不会啼成哈——叽——贝卡空而只会啼成哈——叽——贝喳谈不上流啭,要想有贝卡空——这样的"空"音袅袅需要人为的训练将林莺的雏鸟在其尾巴还没长出来前就将其活捉令其随另一只作为师傅的黄莺熟习若是已经长出尾巴的林莺早已习得母亲的哑咤之声无论如何都难以为其正声了。

若将上文的标点改成与文章结构相符的形式,则变成如下的样子:

  一个女人盲目又独身的话,即便奢侈也有限度,鲜车怒马恣意行乐也不过如此。但春琴家除主人一人外尚有仆人五六人。每月生活费用常常入不敷出。何以至此,首要原因在于她有养鸟的嗜好。尤钟情于黄莺。今日一只莺声呖呖的黄莺珍品不乏一万日元。想必往日也不相上下。虽说如此今日和往日,听辨啼声的方式也好,赏玩方式也罢,似乎仍有几分不同,以今日为例,有啁啾、啁啾、啁啾、啁啾的啼法即黄莺出谷的啼声,也有哈——叽——贝卡空似的高音,除了哈——哈卡吉啾这样的基本啼法之外,如果会这两种啼法的话自然价值千金。这是林莺啼不出的。偶尔啼一声也不会啼成哈——叽——贝卡空,而只会啼成哈——叽——贝喳,谈不上流啭。要想有贝卡空——这样的"空"音袅袅,需要人为的训练。将林莺的雏鸟,在其尾巴还没长出来前就将其活捉,令其随另一只作为师傅的黄莺熟习。若是已经长出尾巴的林莺,早已习得母亲的哑咤之声,无论如何都难以为其正声了。

若将上述两段对照读之,想必各位已经领会了我注标点的三点意图:一、以自然衔接句子为目的;二、令文章余音袅袅;三、营造出书法中淡墨般淡雅虚静的境界。

问号及感叹号在西方的疑问句和感叹句中是必须的标

点，日本则视作家心情而定，不一定按照规则使用。这些问号、省略号、破折号等不妨视作表示抑扬顿挫或间隔的符号。对于日本文章的字面来说，破折号最为适宜，感叹号和问号稍一疏忽便有碍观瞻。近来中国也掀起了一股使用热潮，连古代的诗文都被加上了标点：

白发三千丈，缘愁似个长！
不知明镜里，何处得秋霜？

这些停顿和语气可谓与汉字字面格格不入。我们日本人认为大声喧哗或者咄咄逼人都不是大家风范，故还是慎用这些标点为宜。

但是问号的使用有一些例外的情况，比如会话体中"君は知らない?"（你不知道?）或是"知っている?"（知道吗?）这样与否定式和肯定式同形的问句，以及表示肯定的"え"（是的）或"えゝ"（是的）与表示确认的"え?"（是吗）或"えゝ?"（是吗）也是同形的。在实际会话中可以凭声调予以区分，而写成文字时这些声调就派不上用场。此时为了区分，加上"?"以明确表达疑问的意思则更便于读者理解。

其次是引号。近来使用的西方舶来的引号即""，适合横写的欧洲文字而不适合竖写的日文字面。如果要写的话用日语固有的双引号『』和单引号「」为好，不过『』和「」用途上并无二致，可凭个人喜好而使用。但既然有两种，还是制定相应规则为好，如「」等同于英文中的单引号，『』等同于双引号，不知是否可行。我自己则早就遵循这样的原则了，仅供各位参考。

但是，正如我一再强调的，日语文章中不循规蹈矩的地方其实别有风韵，句号等符号的使用方法并非泾渭分明这点也颇有些兴味。所以我之前说的问号和引号的规则，未必就非此不可。以前像"知らない?"（不知道？）这句话虽然句尾不标"？"，但根据上下文还是可以看出它的意思是否定还是疑问的。可见不过分迎合读者，交给他们自己判断也未尝不可。引号也是一样，今天我们在小说中使用的「」、『』其实可有可无。这是因为引号本来就是为了区分叙述部分和交谈部分，或用于区别每个人说的不同的话，而现代作品中，当会话主体发生变化时，多半会换行书写，并且叙述部分多为讲义体，自然有别于会话。另外，从一句话过渡到另一句时，因说话人身份不同使用语言也各不相同，比如我在前几章提及的男女用语差异，此外，日语十分注重长幼尊卑，不同年龄、身份、职业、人品的说话人，其用语也不尽相同。比如甲称呼乙为"お前"（你），而乙却称呼甲为"あなた"（你）[1]；有人结句使用"ございます"（"有"的敬体），而有人用"です"（"是"的敬体），也有人用"だ"（"是"的简体）。如此这般的差异在代词、动词、助动词的用法上也有所体现，这点将于下一章"关于品格"中详述。总之，即便不使用引号，也不会出现将叙述和交谈混为一谈或者分不清说话人是谁的情况。使用标点符号时不应为条条框框所束缚，而应在考虑行文和字面的前提下进行斟酌。

---

[1] "お前"多用于关系亲密者之间或上级对下级、年长者对年轻者、丈夫对妻子的称呼，"あなた"适用范围较广，可用于下级对上级或同辈间的称呼，亦用于妻子对丈夫的称呼。

关于品格

何谓品格，换言之即**礼仪规范**。大家可以设想下，如果自己需要在众人面前致辞或演讲，大概要衣着得体、谨言慎行吧。文章亦如此，作为一种面向公众的话语，需要保持一定的品位，遵守相应的礼仪。

如何才能让自己的文章富有品格呢？不妨注意如下几点：

一、切忌饶舌；

二、不可使用缩略语；

三、勿忽视敬语及尊称。

其实，品位和礼仪本质上就是精神的显露。一个人无论对外表加以何种伪装，若缺乏内在的精神终将于事无补，只会令人感到其伪善和卑鄙。一个品格卑劣之徒，纵使言辞高尚不凡，举止彬彬有礼，也不会令人景仰，反而将之衬托得更加卑下。所以上文我说的那几点注意事项不过是细枝末节罢了，**要想写出品格高尚的文章，首先要具备与之匹配的涵养**。具体而言，这种涵养指的是**秉持一颗优雅之心**。

我在前文探讨国语及其国民性时提到过，不善言辞是我们日本人的国民性，我们倾向于对各种事情作保守估计，倘若有十分的实力，便认为自己仅有七八分，并且也这样展现给他人，觉得如此才符合谦逊的美德，其根源就在于东方人特有的内敛气质。在此，我希望各位能结合上述内容，思考一下何为**优雅的精神**。**我认为这与我们的内敛气质以及东方人的谦逊美德息息相关**。西方并非没有谦逊的美德，但他们更注重自我的尊严，并崇尚脱颖而出的作风。所以他们对待命运、自然和历史的法则，以及帝王、伟人、长者、先祖等都不似我们这般恭敬。他们认为过度的谦逊反而庸俗，在表达个人思想、感情及观点时会将内心的想法悉数表露出来以示优越，耗尽千言万语仍意犹未尽。而东方人，比如日本人和中国人自古以来就与之相反。对待命运，我们不是反抗而是顺从，并乐在其中。我们善待自然并爱之如友。正因为如此，我们并不像西方人那般执着于物质而是安分守己，并且仰慕长者、智者以及社会地位及阅历高于自己的人。所以我们循规守矩，并以圣贤之德约束自我。偶有发表个人见解之际，也并不直抒胸臆，而是借古人之言或引经据典，尽量韬光韫玉，将自我的光芒隐匿于先人的身后。这使得我们在说话或写作时不会和盘托出，而是刻意留有几分暧昧和余韵，渐渐地我们的语言和文章也深受此习性的熏陶。那么，所谓优雅指的就是敬天地、敬自然、敬他人的这种谦逊姿态，以及叙述自己的意志时的节制心态。无论是品格也好，礼仪也罢，说到底都是优雅之德的一种表象。

然而时至今日，我们却渐渐失去了先祖的这种谦让精神和温文尔雅的态度。这是西方思潮的涌入对我们道德观造成的一大冲击。我们不能将这种变化一概而论地予以否定，毕竟故步自封必然会遭到时代的淘汰，从而沦为科学文明时代的败者，那么还是应该多学学西方人那种锐意进取的精神比较好。但是就像前面所说的，我们的国民性和语言特质已经历尽了千年岁月的洗礼，很难在一朝一夕间改变，遑论这种根本性的变革，如强行推进只会招致恶果。况且，不要忘记我们也有自己的长处和优势。一说到内敛、矜持、谦逊，往往被视作卑下、退缩、软弱。西方人如何我不敢论之，但我们的这种内敛性格中却蕴藏着真正的勇气、才能、智慧与胆力。换言之，我们的内在越丰盈，外在却反而表现得越收敛。所谓内敛，是指一种内心充实而收敛至极致的美，愈是强者则愈如此。在我国鲜见能言善辩的杰出者，无论是政治家还是学者、军人、艺术家，真正有实力的人大多沉默寡言、锋芒不露，非到紧要关头不会轻易将实力示之以人。时运不济者，纵有绝世才华仍不为世人所知而埋没一生，即便如此也无怨无悔，反而觉得逍遥自得。这就是我们的国民性，从古至今都不曾改变。现在我们看起来好似受制于西方的思想和文化，一旦危急存亡之际，肩负起国家命运的还是胸怀传统东方观念的伟人居多。我们可以取西方之长以补己之短，但同时也万万不可忘记我们先祖传下来的"良贾深藏"这一纯良天性。

上面的话似乎有些文不对题，不过为了说明文章品格中的精神性要素，有必要对此进行追本溯源式的思考。另外，我还想提请各位注意**我们日语中存在的一个不容忽视的特色**。具体而言就是**日语的词汇量虽然比较贫乏，但自谦、敬他类的说法却极为丰富，比任何国家的语言都复杂且发达**。比如第一人称代词"我"的说法有"わたし""わたくし""私儀""私共""手前共""僕""小生""迂生""本官""本職""不肖"等，第二人称的"你"则有"あなた""あなた様""あなた様方""あなた方""君""おぬし""御身""貴下""貴殿""貴兄""大兄""足下""尊台"等，可以依据自己与对方身份上的差异以及使用场合进行区分使用，名词、动词、助动词等在使用上也多有类似的情况。前文提及的讲义体、兵语体、郑重体、会话体等文体的差异也源于说话人的思量和斟酌。比如句尾的

"である"（判断助动词，"是"的意思），根据场合和对象不同，也可以说成"です""であります""でございます""でござります"。"する"（做）一词也可说成"なさる""される""せられる""遊ばす"等。就连"はい"（是的）这样一句最简单不过的应答，也有对上级的说法"へい"。我们还有"行幸"（天皇出行）、"行啓"（皇后、皇太子等出行）、"天覽"（天皇观看）、"台覽"（皇后、皇太子等观看）这些专用于天皇以及皇族的名词、动词等。其他国家语言中未必没有这样的例子，但像日语般精细，对众多词类词汇均创立了不同说法的语言还是不曾有的。今天尚且如此，古时的用法则更加繁冗复杂。即便是在纲纪混乱、兵戈扰攘的南北朝、足利时代、战国时代，百姓对武士、武士对大名、大名对公卿和将军都不曾怠慢，尽量使用恰如其分的敬语。这一点从彼时的军记物语和文书中就可得知，无论多么骁勇善战的武士，都深知不守礼法是一件可耻之事。由此可见，**没有比我们日本人更重礼节的国民，同时，国语也是这种国民性的反映，二者紧密地结合在一起。**

接下来，我将逐条展开予以说明。

一、切忌饶舌

这和之前说过的"低调处事"以及"内敛"在本质上是一致的，再详细一点说就是：

1. 不要过于直白

2. 意思的衔接处要留有余地

1. 不要过于直白

当下流行将万事万物以科学的方式正确地表述，文学上也提倡写实主义、心理描写等，这些手法将目之所及、心之所想的事物毫无保留、精确无误地予以梳理、刻画，并按照事实呈现出来。然而，就我们的传统而言，这不是高尚的趣味，很多时候适度的描写才是合乎礼仪的。如果能将事实原封不动地予以呈现倒也罢了，但语言和文章的功用仅限于提示事物，因此就效果而言还是珍惜笔墨比较明智，这一点我在前文也有所提及。

之所以需要这么做，是因为**我们认为如实摹写活生生的现实难免鄙俗，语言只有同其表达的事物隔着一层薄薄的纸才更有韵味**。所以，古人即使可以明白无误地表达，也故意绕着弯子娓娓道来。这样的例子在古典中俯拾即是，在王朝时代[1]物语中，时间、地点、主要人物的名字很多都做了模糊处理。比如《伊势物语》中的故事都是以"从前有一位男子"作为开头，而这位男子的姓名、身份、住所以及年龄都一概不提。关于女子的名字，不仅在《伊势物语》中，很多古典作品都只是写作"女子"。《源氏物语》中的"桐壶""夕颜"，都不是女性真正的名字，而是得名于与其相关的房间或花的名字。作为一部小说，如果想要附以真名也是可以的，但这样一来就会降低文章的品位。即便是虚构的物语，这也是对那些妇人失敬的行为。男子的名字亦然，避免直呼其名而是以官职、位阶、住所或宅邸名等委婉代称，如称呼在原业平为"在五中将"，菅原道真为"北野""天神""菅相丞"，源义经为"御曹司""九郎判官""源廷尉"，藤原兼实为"月轮关白"等。写景抒情时，也须以"隔薄纸一张"的心态进行描写，虽说文贵在真，但赤裸裸地摹写和在人前裸露大腿又有什么区别呢？

说起来，我国也曾经很长一段时间里对"口头语"和"书面语"进行严格的区分，这大概是刚才提及的"隔薄纸一张"的心态使然吧。也就是说口语反映了现实，并且容易变得冗长，为了维系书面语的格调所以对二者进行了

---

1 即天皇主持政务的时代——奈良时代和平安时代，现多指后者。

严格区分。然时至今日，二者的差距已经近乎无，不仅如此，因为吸收了西方的语法和表现手法的缘故，书面语的细致程度已经甚于口语。比如，我们在口语中不太遵守时态和格的规则，而在书面语中会尽力遵守。因此，今天的口语文并不是照搬实际口语，二者的差别在于：**书面语更像是西方语言的译文，沦为日语和西方语言的混血儿；实际的口语虽然也西化了不少，但仍保留下来许多日语固有的特色**。我在前文提及"不要拘泥于语法"，希望大家按照口头表达来尝试会话体的书写，也是出于这种考虑。今天，以往的和文与和汉混交文已经退出了历史舞台，但是口语文若能择取这些古典文章中内涵的优雅精神、大气风韵以及婉约表达等长处，则必能提高自己文章的品位。

最后想提请各位必须注意，万不可将虚化现实的描写与虚饰浮文混为一谈。说实话，文章贵在朴实，如果认为使用一些不实用的华丽辞藻就是文雅的表现，则大错特错了。有时以博学自矜而使用生僻汉字，远不如一些返璞归真的俗语更能彰显文章品位。更何况现在崇尚简约，若固守旧日的做法和礼仪反而滑稽可笑。所谓品位，是自然去雕饰，而非矫揉造作、吸人眼球。总之，低调的要点在于分寸感的把握，但怎么把握是无法言清的，只能请各位自行体会之前说的优雅精神的内涵，除此之外别无他法。

2. 意思的衔接处要留有余地

说到底，这一点也是使表达含蓄，让事物轮廓虚化的手段之一。至于**如何理解留有余地，各位不妨参照一下以往的书简文即候文的写法**，现举一例予以说明：

浮云一别后，平生平冢二字常挂胸间，久未笺候，其中缘由容在下细细道来。返乡迎接老母赏花，由淀直抵岚山，未曾与妻子谋面，但赏花景，又游仁和寺、平野、知恩院，后直赴势州。

把酒旗亭别送人。禽声春色太平春。携妻携子同从母。非是流民是逸民。

如此这般，此次归京心境犹处云雾中，与各方友人尚未联络。今日收悉来函及伏水盐鸭，在下及萱堂均不在，实在失礼之至。不在时取丹酒，此物所藏丰盛，可碍于贵体抱恙作罢。何时均可差人来取，亦可自携容器。如用鄙人容器，望归还。万望珍重，盼早日晤面。今日亦同行至御影。琐事缠身，草草不尽。

上文是赖山阳写给一位叫平冢的友人的书简。从文中记载可知，一日，平冢差用人送来信函和盐鸭，赖山阳大概是托此人带这封回信给其主人。山阳在彼时文坛以书简文妙手而著称，从上文亦可窥见一二。其文章之工巧就在于上文说的留白,即在文意的衔接处留有空缺。换言之,行文中处处可见作家布下的空穴,工巧即在于此。我以上文为例,将空穴所在之处用括号加以注明,如下文:

浮云一别后,平生平冢二字常挂胸间,久未笺候,(然)其中缘由容在下细细道来。(前日)返乡迎接老母赏花,(希望能来得及)由淀直抵岚山,未曾与妻子谋面,但赏花景,又游仁和寺、平野、知恩院,后直赴势州(诚如此)。

把酒旗亭别送人。禽声春色太平春。携妻携子同从母。非是流民是逸民。

如此这般,此次归京心境犹处云雾中,与各方友人尚未联络。(然而)今日收悉来函及伏水(产)盐鸭,(不巧)在下及萱堂均不在,实在失礼之至。(前日鄙人)不在时(尔)(至)取丹酒,此物(丹酒)所藏丰盛,(欲献之),可碍于贵体抱恙作罢。(然)何时均可差人来取,亦可自携容器。如用鄙人容器,(造成不便)望归还。万望珍重,盼早日晤面。今日亦同行至御影。琐事缠身,(至此搁笔)草草不尽。

还有一封山阳的简短书简如下:

久疏问候,春寒颇退,别来无恙否。

六书通[1]可否拜借些许时日,时有刻印之兴[2]。

前日砚台,爱玩之。如此般者,欲求之。可知否。有一小皮箱,欲将砚台置于其中以成研箱,法帖砚难置于其中。烦请留意。

水晶日日置于瓶梅下赏玩。

上文对空穴的布阵则更为大胆,若将之补全则如下文:

(近来)久疏问候,春寒颇退,(君)别来无恙否。

六书通可否拜借些许时日,(因)时有刻印之兴,(乞蒙见恕)。

前日砚台,爱玩之。如此般(精巧)者,欲求之。(君)可知否。(吾)有一小皮箱,欲将砚台置于其中以成研箱,法帖砚难置于其中。(故,若有小巧砚台),烦请留意。

水晶日日置于瓶梅下赏玩。

上述二例,若仔细推敲,可大致理解我所说的留白是

---

1 篆刻家所用词典。——原文注
2 篆刻兴致。——原文注

何物，以及它是如何提升文章格调和余韵的了。

书简文用于沟通人与人之间的感情，彼此互相了解的事物无需一一道明，所以可省略的余地颇多。但以大众读者为对象的古典文章中，也存在着大量的留白。各位不妨看看前文提及的秋成和西鹤的文章，想必会在其中发现大量如山阳书简文中的空穴。

现代口语文与古典文相比缺乏格调和优雅的重要理由之一，就是今人无意于"留白""布穴"。他们拘泥于语法构造和理论整合，力图做到合情合理地叙述，其结果就是作者处心积虑于如何将句子和句子间的意思紧密地衔接。他们将上文中我用括号注明之处一一填补完整，否则就怅然若失，所以文章中充斥着大量"但是""不过""虽然""于是""虽然如此""因此"这样毫无意义的填充词，这无疑抹杀了文章的深度。

这一切归根结底在于**现代文章的写法过于讨好读者**。其实若能不那么讨好，任由读者自行理解反而更好。关于语言的节制将在后文予以说明，此处就点到为止吧。

二、不可使用缩略语

保持礼仪，重在"切忌饶舌"，但这并不意味着可以随意省略语言。有的略称合乎礼仪，有的则反之，须区分对待。**既然使用某个词语，就须使用其礼貌、规范的形式。**

我在上文中提及的慎重使用缩略语就是出于这种考虑。此外，时下的年轻人常将自己**口头语的**发音原封不动地写成文字，现举如下几个例子：

してた　　　　　（していた）
てなこと　　　　（と云うようなこと）
詰まんない　　　（詰まらない）
あるもんか　　　（あるものか）
もんだ　　　　　（ものだ）
そいから　　　　（それから）

诸如此类，不一而足。这些词应以括号内的写法为准。当然小说家为表现谈话的真实情形，在描写人物对话时使用缩略语另当别论，但就连叙述部分都开始流行这种腔调，真是令人感慨万分。

其实即便在口头表达中，使用大量的俗语都不是一件值得肯定的事情。现在东京话成了标准语，而**真正有教养的东京人，即便是日常对话中的用语也相当精确明了。**比如当下流行省略テニヲハ这些助词，说成句子便是：

僕そんなこと知らない。（我不知道那样的事情。）
君あの本読んだことある？（你读过那本书吗？）

这种说法常见于时下的年轻男女，但东京人从江户时

代开始就很少省略テニヲハ这些助词。市井人士和匠人随口说的"おらあ"（我）[1]、"わっしゃあ"（我）[2]、"なにょー"（什么）这些俗语也要加上助词テニヲハ。上文的两个句子若是从东京匠人口中说出的话，则变成：

<u>己あ</u>そんなこた<u>あ</u>知らねえ。

お前<u>は</u>あの本<u>を</u>読んだこと<u>が</u>あるけえ。[3]

可见，就算用方言说话，仍没有省略テニヲハ这些助词。不过，"お前"（你）后面的"は"也可以省略，但"己あ"（即"己は"，我）和"こたあ"（即"ことは"，事情）的"は"以及"あの本を"的"を"、"読んだことが"的"が"是绝不能省略的。如果省略的话，只会被当作幼儿说的只言片语。我祖祖辈辈都是地道的东京人，可以保证此点确凿无疑。而现代的摩登女郎和摩登公子们在语言上的粗俗丝毫不亚于工匠，并且，喜欢这么说话的人大多并非地道的东京人，而是些模仿都市人的农村出身的年轻人。总之，我认为这些说法根本谈不上高雅，反而透露出浓厚的乡土气。

以写实为贵的小说家在描写青年男女的会话场景时，暂不论其情调是否高尚，但实际上小说家往往走在时代前

---

[1] 男性用语，用于平辈或晚辈，适宜对关系亲近的人使用，较随意。
[2] 老年男性用语，对同辈及晚辈使用，略有自大之意。
[3] 下划线部分为助词。

列，其小说中的会话容易变成别人模仿的对象而流行开来。考虑到这些影响因素，私以为**小说家在描写会话时，还是应秉承"隔薄纸一张"的心态。**

三、勿忽视敬语及尊称

关于敬语已经在本章绪论部分大致介绍过了，但没有论及为何其与日语的功用紧密相连，因此在这里进行一下补充说明。

首先请各位读一下《源氏物语》第三卷"空蝉"的开头部分：

> 难以入眠，从未受人如此嫌恶，今夜方知人世之痛苦，好不羞耻，听罢泪流满面。心生怜爱。

> ねられ給はぬままに、われはかく人に憎まれてもならはぬを、こよひなんはじめて世を憂しとおもひしりぬれば、はづかしうて、ながらふまじくこそ思ひなりぬれなどのたまへば、涙をさへこぼして伏したり。いとらうたしとおぼす。

《源氏物语》的作者在卷首开始就大量省略主语，从"难以入眠"到"泪流满面"是一个句子，"心生怜爱"又是一个句子。前面的句子隐藏着两个主语，即"难以入眠……好不羞耻"这句的主语是源氏公子，而"泪流满面"的主语是侍从小君，"心生怜爱"的主语又变成了源氏。为何有如此区别，又如何判断哪个是源氏的动作，哪个是侍从的动作呢？其实从敬语动词和助动词的使用方法即可辨明。形容源氏的"难以入眠"后附以敬语，而侍者的动作则没有敬语修饰[1]。

前面所列的赖山阳的两封书简中，都没有用到"足下""小生"这样的第一人称或第二人称代词，然而自己与他人的动作区分却一目了然。提及对方时，使用了诸多敬语[2]，而提及自己的时候则使用一般或者更为自谦的说法[3]。候文中称呼自己的动作为"罷り在り"，尊称他人动作为"被レ為レ在""御入りなされ""御出遊ばされ""御座あらせられ"等不一而足。除了有这些尊敬他人动作的动词和助动词，还有谦称自己的动词和助动词。其差别虽然复杂多变，但使用这些词可以省略很多不重要的词汇，对文章的构成也起到了至关重要的作用。一个句子里有敬

---

1 对源氏用的敬语有"ねられ給はぬ""のたまふ""おぼす"。
2 如使用"お聞も被レ下""御暮し被レ成""被仰下""被レ遣""為レ持被レ下"。
3 如使用"候""申候""拝借仕度""仕候"等。

语动词和助动词的话，可以省略其相应的主语，或者说敬语就是为了省略主语而存在的。从礼节的角度而言，对于需要尊敬的人，轻佻地直呼其名或使用代词也是不适宜的。举一个失敬的例子，"行幸"（天皇出行）、"行啓"（皇后、皇太子等出行）这些词大概就是为了避讳主语而产生的。因此，**使用敬语动词和助动词时可以省略主语，即使构成复杂的长句也不会有歧义。**

据说拉丁语不需要主语，只需借助动词变化就可以通晓句意。这样想来，**日语中的敬语动词和助动词也有这样的作用，而不仅止于礼仪上的功用。**关于这一点，在前文"关于文调"中"流利的文调"一节中，我曾将《源氏物语》（须磨卷）中的一节译成两种现代语版本，现在将之再次对照则一目了然。另外，刚才的"空蝉"段落以及山阳的书简等文章的妙处都与敬语使用息息相关。可见，**敬语动词及助动词是构成日语优美句式的要素之一。**

今天已废除了阶级制度，繁琐的敬语也随之失去了用武之地。但就像男性正装从束带、衣冠变成大纹、素袄，又从大纹、素袄变成裃，再从裃变成纹附袴及夫拉克礼服（Frock Coat），只要还有一定程度的礼仪规范存在，敬语就不可能弃之不用。不仅如此，考虑到敬语已经深深植根在我们的国民性与国语的使用方式之中，在未来也绝不会成为明日黄花。况且在我们的日常用语中也存在

着与候文相近的动词和助动词。如"云う"(说)的敬语为"おっしゃる"或"おっしゃいます",自谦语为"申す"或"申します";"知る"(知道)的敬语为"ご存知です",自谦语为"存じます";就连"する"(做)这个最基本的动词也有其相应的敬语"なさる"和自谦语"致します";"与える"(给予)的敬语和自谦语分别为"差上げる"和"下さる"。除此之外,我们日常使用的"せられる""おられる""いらっしゃる""遊ばす""して頂く""させて頂く""して下さる""させて下さる"这些尊谦语用于文章写作又何尝不可呢?**这类动词和助动词实乃弥补我国文章构成中存在的缺点和短处的利器。**弃之不用则无法发挥日语特有的长处和竞争力,令人不禁扼腕。

为了避免重复,我在此处仅以动词和助动词为例进行了说明,当然所有尊称以及所有词类中的敬语莫不如此。如在"顏"(脸)这个词前面冠以"御"字,就变成了敬语"御顏"(您的脸),此处若再加上"您"之类的第二人称代词就显得有些多余了。可见,敬语的作用可谓举足轻重,但时至今日,为何其多用于口语而鲜见于文章呢?原因就在于我们不喜欢在叙述中掺杂过多的个人感情。很多人坚信,写文章不同于面对面的交流,这是以大众为对象的千古之事。即便书写对象是自己尊敬的人,也需要采取一种科学家般冷静的态度。诚然如此,但有的文章加入些温情和敬意又何尝不可呢？比如孩子回忆父母及伯父、伯母、师长时，妻子谈及丈夫，臣下记述主君时，私小说自不必说，就连本人在这部拙作中，面对诸位读者也使用了一定程度的敬语。写到这里，我想大声疾呼的是，**至少女性应用敬语书写为宜**。男女平等并不意味着女性等同于男性，既然日语本身内含了可以区分作者性别的特质，那么女性作家的文章应该具有女性所特有的温雅。男性可以写成"父が云った"（父亲说过），"母が云った"（母亲说过），女性的话，写成"お父様がおっしゃいました"（家严尝言），"お母様がおっしゃいました"（家慈尝言）则顺耳得多。那么，女性还是尽量不使用讲义体的文体比较好，因为**讲义体不适合大量使用敬语**，这种文体语气较为强烈，还是选择兵语体、郑重体、会话体这三种文体为佳。私信和日记自不用说，其他的文体比如实用文、感想文甚至某些论文和作品，采用这些富于女性特色的写法又有何不可？《源氏物语》就是一种写实小说，但作者在抒写贵族言行时，连叙述部分都使用了敬语。这虽然未必有着科学家般的冷静，但并没有损害其艺术价值，体现了无愧于女性作家的优雅文风。至于这种文体是不是当时的"口头文体"，还有待方家考证。

关于含蓄

所谓含蓄，已在前文"品格"一节的"切忌饶舌"部分有所提及。说得更具体一点，就是"不要过于直白"和"意思的衔接处要留有余地"这两点。旧调重弹是因为之前是从礼仪的角度进行了阐发，这里我想专门谈谈含蓄的效果。如此一而再、再而三地说，正因为其至关重要。可以说，**我的这册读本自始至终都围绕"含蓄"的释义展开**。

首先举个例子吧。数年前，我曾和两三位研究日本文学的俄国人餐叙，席间谈及俄国有人在翻译我创作的戏剧《正因为爱》(愛すればこそ)，译者似乎颇烦恼于标题的译法。所谓"正因为爱"，究竟是谁正深陷爱河？是"我"？"她"？还是"世间众生"？也就是说，问题在于无法确定主语。我答道，就这部戏剧的情节而言，"正因为爱"的主语应该是"我"，所以法译本的标题就加入了

"我"字，但若局限于"我"，意思则难免狭隘，可以是"我"，可以是"她"，也可以是"世间众生"中的每一个。标题正是为了呈现出这种开阔感和抽象感，所以没加主语，这也是日语的特点。虽然说这一表述暧昧也没错，但它在带有具体性的同时又包含着普遍性，作为指涉具体事物的词语同时又蕴含着格言与谚语般的广度和深度。所以当时我才说，俄译本还是不要加上主语为好。

日语的这种特点亦见于汉文。以下面这首汉诗为例，可一目了然：

床前看月光　疑是地上霜
举头望山月　低头思故乡[1]

这首李白的《静夜思》是一首五言绝句，其中蕴含着一种隽永之美。诗中描绘的事情极其简单，不过是"月光照在自己的床前，洁白如霜，抬起头来眺望那山上的月影，低下头来想起那遥远的故乡"而已。为何流传千年的《静夜思》在今日读起来，仍会使我们的脑海中不可思议地清晰浮现出那床前的月光、如霜般皎洁的清辉、山顶苍穹中的明月、月影下低头思乡的主人公的身影。更令我们

1　此为日本流传的《静夜思》版本。

仿佛也置身于那时的清冷月色下，勾起满腔乡愁，与诗人感同身受。那么这首诗能够流传千古，倾倒万千众生的魅力究竟何在？虽然有诸多因素，但最主要在于两点，其一是主语的省略，其二就是时态的模糊。

若是西洋诗的话，既然"床前看月光"的人是作者本身，势必会加上主语"我"。不仅如此，在"床""头""故乡"前面或许也会加上"我的"吧。另外，"看""疑""望""思"这些动词恐怕也要变成过去式。这样的话，这首诗就收束为某个晚上某个人的所见所感，原诗的魅力已经所剩无几。虽说这首诗属于韵文，但就是在东洋古典的散文中也常有这种写法，想必读者诸君从本书的引例中已经有所了解。如前文所引的《雨月物语》段首，从"过了逢坂关口"到"越海来到赞岐真尾坂的密林，搭起一间茅庵，暂住下来"的这段话描写了由东边象潟的渔家茅舍出发，西经须磨明石，最终抵达四国的路途，但只字未提这个长途跋涉的人到底姓甚名谁。再如"仁安三年秋"一句，句中的动词使用了现在时而非过去式。这种写法让读者产生随着西行法师一同探访名胜古迹，同游名山胜水之感。其实，这种手法在现代口语文中也是大有用武之地的，至少有很多时候省略作为主格、属格、宾格的名词或代名词是大有裨益的。尤其在私小说中，读者在阅读过程中自然而然知道主人公就是"我"，所以没必要使用过多的"我"。

至于其他类型的小说，使用这种手法的话也往往会令其魅力倍增。现在的作家中，里见弴是这种手法的拥趸，翻开其作品集触目皆是《雨月物语》《源氏物语》式开头的作品。

李白的这首诗还有一点值得注意，诗中对明月和遥远故乡的憧憬虽弥漫着一层哀愁，但也仅是说"思故乡"而已，并毫无"寂寞""想念""惆怅"这样的字眼。不仅仅是李白，旧日的诗人和文人都不喜欢将感情直白地表达出来。这首诗的字里行间笼罩着难以言表的悲愁，而倘若用了些许哀伤的文字则必然浮浅。以演员的演技为例，**真正演技高超的演员，不会凭借夸张的动作和表情来表现喜怒哀乐**。他们在呈现巨大的精神痛苦和激烈的心理斗争时，反而会收敛外在表现，在七八分的程度就适可而止了，这样才有更好的舞台效果，也更能令观众动容。有名的演员们无不深知这一点，倒是演技越拙劣的演员，越喜欢挤眉弄眼、扭捏作态、大呼小叫，真是蹩脚透顶。

若以此标准来衡量现代年轻人的文章，就会深感其无论是叙述还是描写都过于直白、过于饶舌了，其中最有碍观瞻的一点是**不必要的形容词和副词太多**。现在我手头就有一本妇女杂志，翻阅了下面几位投稿者写的自述与纪实文章，其词汇之繁赘令人惊愕。现取其中一例，以示何为赘余：

母亲任何事都<u>忍了又忍</u>，一面和病痛苦苦斗争，一面<u>坚持忍了过来</u>，终于到了不得不回娘家的日子了。从学校回来，得知母亲不在家后我<u>黯然沮丧的心情就消沉了</u>。虽然父亲说"她回娘家了，但很快就会回来"，我却仍有一种<u>讨厌的、不祥的</u>预感。母亲不在的<u>像海底般</u>阴暗的家中，我们兄妹的凄冷日子<u>从此无止境地</u>继续。

何事も<u>忍びに忍んで</u>病苦と闘いながら<u>よく耐えて</u>来た母も、遂に実家へ帰らねばならぬ日が来た。学校から帰って、家の中に母のいないことを知ると私は<u>暗い暗い</u>気持に沈んで行った。父は「実家へ行ったが直ぐ帰って来る」と云ったけれど、私には<u>嫌な嫌な</u>豫感があった。母のいない、<u>海底のように</u>暗い家の中に、私達兄妹の冷い生活は<u>それから果しなく</u>続いた。

请留意上文中的画线部分，首先"忍"这个词的前面还加了三个字的修饰词"任何事"，意味着"任何事都忍"，既然"任何事都忍"就不是一般程度的忍耐，为何要把"忍"字又重复一遍，写成"任何事都忍了又忍"呢？请诸位仔细思考，这种情况下"忍"字的重复是否加强了效果？其实是适得其反的，重复不仅毫无用处，反而削弱了文意。接下来，"和病痛苦苦斗争"这句虽然和前一句表述不同，但实质上仍是忍耐的一种，属于"任何事都忍"的一例。至此表述已经赘余了，后面加上"坚持忍了过来"又更加削弱了效果，这么写的下场只会和拙劣的演员那蹩脚的演技一样。"黯然沮丧的心情""讨厌的、不祥的预感"这样的表述就算改成"黯然的心情""讨厌的预感"都谈不上简洁。这种将同义形容词堆叠使用的写法，若是口头表达的话凭借声音的强弱或许可以加强效果，但是在笔头上只会淡化文章的情感。另外，"黯然沮丧的心情就消沉了"中的"就消沉了"也不够率真，应该更坦率地写成"心情黯然"。再看接下来这句，"阴暗"这个形容词前面冠以"像海底般"这样的副词短语，"继续"这个动词前面又冠以"从此无止境地"这样的副词，这简直就是我刚说的"不必要的形容词和副词"的贴切案例。"像海底般"这个词没法形象地刻画出母亲回娘家后家里那种黯淡的感觉。原本说来，**比喻**这个修辞手法，只有想到恰如其分、令描写更加生动的喻体时才可以使用。在想不到恰当的比喻，或是即便想到了但没必要使用的场合，还是不用这一手法为好。上文描写的阴暗程度读者大体上都可以揣测出来，没有非打比方不可的理由。即便是打比方，"像海底般"这种比喻也极不得体，这种夸张的比喻导致真相听起来都像是谎言。最后，有了"继续"这个词，"从此"就是多余的成分，再加上"无止境"就过于夸张了。那么，将前文的赘余部分删改后，则有如下改观：

> 一面和病痛苦苦斗争，一面凡事都一忍再忍的母亲，终于到了不得不回娘家的日子。从学校回来，得知母亲不在家后，我心情黯然。虽然父亲说"她回娘家了，但很快就会回来"，我却仍有一种不祥的预感。没有了母亲的阴暗的家中，我们兄妹继续着凄冷的日子。

> 病苦と闘いながら何事もよく忍んで来た母も、遂に実家へ帰らねばならぬ日が来た。学校から帰って、家の中に母のいないことを知ると私は暗い気持がした。父は「実家へ行ったが直ぐ帰って来る」と云ったけれど、私には嫌な予感があった。母のいない、暗い家の中に、私達兄妹の冷い生活が続いた。

这并非什么名篇，不过是一篇普通的实用文而已。但现在的年轻人不写这样的实用文，却都想写前文那样的拙劣文章，自以为感慨万千、矫揉造作的写法才具有艺术性，实则大错特错。我在开篇就提到过,实用的就是艺术的,实用文并非就难以牵动人心。前面的例子中,前一段冗长的文字必定不如言约旨远的后者。如果我要在自己的小说里记录这件事的话,只会更为简洁:

> 母亲和病痛苦斗,万事皆忍,还是到了回娘家的日子。一天,我从学校回来,得知母亲不在家后心情黯然。虽然父亲说"她回娘家很快就会回来",我却仍有一种不祥的预感。母亲不在的家中,我们兄妹继续着凄冷的日子。

> 病苦と闘い、何事をも忍んで来た母も、とうとう実家へ帰る日が来た。私は或る日学校から帰ると、母がいないことを知って、暗い気持がした。父は、「実家へ行ったのだ、直ぐ帰って来る」と云ったけれども、嫌な豫感があった。それからは母のいない家の中に、私達兄妹の冷い生活が続いた。

原文是一百五十三个字,第一次删改后为一百二十五个字,第二次改写后为一百一十九个字,比原文少了三十四个字。哪一版更令人印象深刻,还请各位品读。第二稿和第三稿虽然差别细微,整体上做了削减,但也有新

加的字词和标点，个别语序和说法也进行了调整。比如加上了"を"字，变成"何事をも"，加上"も"字，变成"けれども"，将"遂に"（终于）变成"とうとう"（还是），加入了"或る日"（一天），将"母のいない"（没有了母亲的）改为"母がいない"（母亲不在），将"実家へ行ったが直ぐ帰って"（回娘家了，但很快就会回来）改为"実家へ行ったのだ、直ぐ帰って"（回娘家很快就会回来），将曾删掉的"それから"改为"それからは"等。这些细微的地方需要下很大的功夫，这就是所谓的**技巧**。但是从这些例子中不难看出，为了运用**技巧**并不需要偏离实用。

然而，教导别人容易，自己实践却很难。自己若是写起文章来，会发现做到**言辞简练**绝非易事。即便是以文为业的人，也容易身染赘余之弊。这几年我常常提醒自己勿忘此心，修改文章时大多缩减篇幅，少有增添。这足见赘词之频，即便写作时已经极为留意，注意精简，但时隔一年重读仍会发现诸多赘余之处。下文是我三年前写作的小说《刈芦》，画线部分是我认为"鸡肋"的地方：

我在天色渐暗的河堤上驻足良久，<u>旋即</u>将目光移向下游，想象着上皇和贵族、权臣们共享水饭的钓殿在何处呢。右岸一带都是葱郁茂盛的树林，它一直延伸到神社的后面。可见，这一大片树林的所在地必为离宫遗址。（中略）而且，这里与缺乏情趣的隅田川不同，清晨傍晚，男山的翠峦投影水中，舟楫在这倒影中往来穿梭，这大河风情不知令上皇多么欣慰畅快，给游宴平添了几多情趣啊。日后上皇讨伐幕府计划失败，在隐岐岛度过了十九个春秋。面对海岛的狂风骇浪，追忆往昔的富贵荣华，最占据其心间的当是这一带的山容水色，以及在此宫殿度过的一个个热闹的宴游之日吧。如此追怀之余，<u>我竟也浮想联翩</u>，眼前不禁浮现出彼时的种种景物来。弦音袅袅，泉水潺潺，<u>就连</u>月卿云客<u>畅快</u>的欢歌笑语也如在耳畔。不知不觉中黄昏将至，取出表一看，<u>已</u>是六时。日间<u>颇暖</u>，走几步路便热得出汗。到了日落时分，<u>秋意袭人</u>，寒气侵身。我忽觉肚子有了饿意，觉得有必要在等待月出之时先找个地方吃晚饭，不久便从堤上走回到镇上。

这些画线词语中，有许多是为了使语句间衔接更为流畅才添加的。既然这样会导致留白过少，文意疏散，那么自然要将之删除，让文章的文调变得和缓。

另外，关于含蓄的释义，若此章尚有未言尽之处，读者诸君亦可熟读玩味本书其他章节，自会有所体察。

以上，我对文章之道中最根本的事项进行了大致的说明,但并没有提到那些细枝末节的技巧,因为多言无益。只要诸位孜孜于感觉的磨炼,假以时日必当无师自通,这也是我的期冀。

谷崎润一郎 | 作者
たにざきじゅんいちろう　1886—1965

日本唯美主义文学大师,曾获七次诺贝尔文学奖提名。代表作有散文集《阴翳礼赞》,小说《春琴抄》《细雪》《痴人之爱》《钥匙》《疯癫老人日记》等。

金晶 | 译者

大阪大学博士,华东师范大学日语系教师。长期从事日本近代文学及翻译方面的研究,已出版个人专著《谷崎润一郎文学在民国时期的接受情况研究》,撰有专栏文章《谷崎润一郎与中国:历史迷雾中的山河故人》、论文《谷崎润一郎作品中的女性表象与日本近代化》等,翻译作品包括《日本手工艺》《笔底千花:中日书法简史》等。

图书在版编目（CIP）数据

谷崎润一郎：写作讲谈 /（日）谷崎润一郎著；金晶译. -- 北京：商务印书馆，2025. -- ISBN 978-7-100-24969-0

Ⅰ.I04

中国国家版本馆CIP数据核字第2025H7J928号

权利保留，侵权必究。

谷崎润一郎：写作讲谈

〔日〕谷崎润一郎　著

金晶　译

商务印书馆出版
（北京王府井大街36号　邮政编码 100710）
商务印书馆发行
北京市十月印刷有限公司印制
ISBN 978-7-100-24969-0

2025年5月第1版　　开本 787×1092　1/32
2025年5月第1次印刷　印张 5.5
定价：58.00元